一介平凡的影迷

— [续篇] —

[日] 手冢治虫 ● 著　谢鹰 ● 译

九州出版社
JIUZHOUPRESS

从现在的角度来看,本书的某些用词可能有歧视含义。

但考虑到作品发表的时代背景与历史价值,原则上用词与当时保持一致。

另外,由于作者已故,不可能再对作品进行修改,而随意修改著作可能会涉及著作人格权的问题。

不过,消除地球上的所有歧视也是手冢治虫生前的愿望。

希望各位读者能借此机会重新审视"正有许多人遭受各种歧视"的现实,并加深对这一问题的理解。

手冢制作公司

目　录

第一章　电影类型杂谈

座无虚席 /3

新浪潮电影的调度精髓 /7

奇幻电影的邀请函 /19

微观世界与人类危机——《神奇旅程》/21

用朴素手法实现的"飞行梦"——《马戏团天使》/25

我的科伦坡 /28

对手故事 /30

科幻电影的魅力 /34

恶魔电影的源流 /38

纳粹军服 /42

科幻冒险电影 /47

卓别林万岁！！ /52

一把辛酸泪的《摩羯星一号》/57

电影里的精灵 /61

电影的乐趣 /64

肆无忌惮 /67

反正就是杰作——《人猿星球》/70

关于"爱"的真诚故事 ——《泰山王子》/ 75

科幻电影的鼻祖 ——《大都会》/ 79

宇宙的人文主义讴歌 ——《第三类接触》/ 84

典型的好莱坞电影 ——《超人》/ 91

《超人》的小说化 / 103

正统英国悬疑电影的复活 ——《雨天下的迎神会》/ 107

观《卡尔·萨根的宇宙》第一集有感 / 113

黑泽明先生的国际性 / 117

斯皮尔伯格与黑泽明 ——《夺宝奇兵》/ 121

迪士尼风格的温情科幻片 ——《E.T. 外星人》/ 123

第二章　我喜欢的电影

我喜欢的美国电影、美国男女演员 / 127

我喜欢的法国电影 / 128

我喜欢的欧洲电影 / 131

世界十佳怪物怪兽电影 / 133

十佳科幻电影 / 135

十佳外国电影 / 137

十佳日本电影 / 139

第三章　外国动画杂谈

观《小飞侠》有感…… / 143

观《幻想曲》有感 / 144

纽约的迪士尼 / 146

华特·迪士尼——漫画电影的王者 / 151

探访迪士尼公司 / 160

祝贺继承了迪士尼纯正血统的三儿子 / 164

《幻想曲》中对过去与未来的赞歌 / 166

领跑新类型的电影——《电子世界争霸战》/ 171

《谁陷害了兔子罗杰》的魅力（一）/ 176

《谁陷害了兔子罗杰》的魅力（二）/ 186

这次又是迪士尼 / 191

阿童木相当于米奇的侄子 / 196

两部动画——《夕鹤》与《天鹅湖》/ 200

《指环王》万岁 / 205

电视节目《安徒生故事》/ 214

危在旦夕的动画 / 218

铁臂阿童木飞向中国 / 237

中国动画界的现状 / 241

鸟的动画 / 246

《当风吹起的时候》/ 252

动画的魅力 / 255

动画进入了转型季 / 261

尤里·诺尔施泰因 / 266

编选说明　滨田高志 / 270

第一章

电影类型杂谈

座无虚席

银幕先生眼中的观众席大戏

　　每天，我都会与数千名观众面对面。虽然我只有一张方方正正的扑克脸，大家看到我的时候却是又哭又笑地掏钱包。我的名字，叫作银幕。

　　要我来说的话，其实观众席也是不逊于银幕画面的杰作。电影中的素材难道不是取自观众席吗？我来举两三个例子吧。主角说不定就是您自己……

（《银幕》，1960年8月号）

怨海沉尸

那家伙和他女友坐特等座,而我坐在三等座,真想把他赶出去,然后自己坐在那里——这样的欲望任谁都有。于是,把那家伙关进厕所后,我优游游哉地将座位和他的女友占为己有。不过,自己被赶走也是迟早的事……情节大致如上。原标题叫《厕所沉尸》。

海滨

远远地看到了一个空位。于是你汗流浃背地拨开人群,历尽艰辛来到座位旁边,却不料座位坏掉了,内心大失所望……电影中把此类悲剧替换成了潜水艇与坏掉的无线电。

大个子故事[①]

电影主题是这样的:大个子一坐在前排,后面的观众便纠结万分。

---

① 戏仿自电影《金童玉女》(*Tall Story*,1960,另译《大个子故事》)。——译注

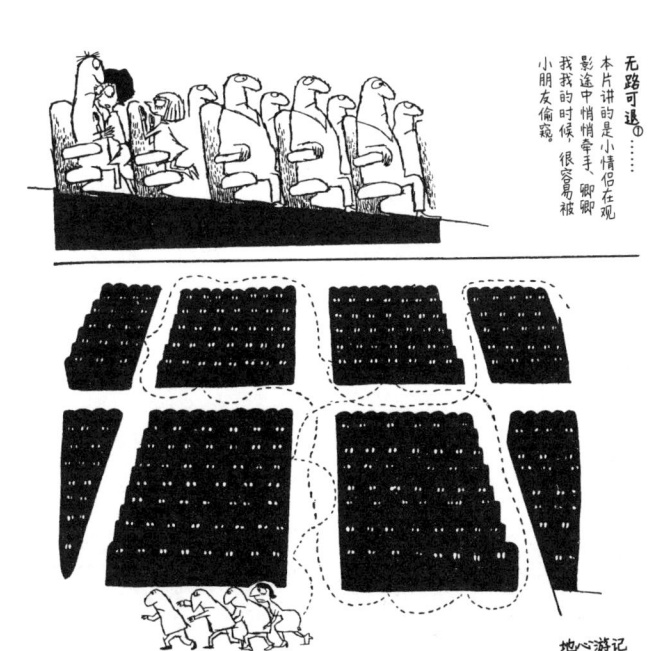

无路可退①
本片讲的是小情侣在观影途中悄悄牵手、卿卿我我的时候,很容易被小朋友偷窥……

地心游记
三男一女在漆黑的观众席迷了路,结果不小心离场了。

睡美人
岂止是美人,还有森林里的睡叔、睡婶、睡爸、睡妈、睡娃呢。

---

① 原文为"追いつめられて…",为《猛虎湾》(*Tiger Bay*, 1959)的日文片名。(若无特殊说明,本书注释均为编注)

康康舞

无需说明

宾虚

惠勒大叔真了不起，恐怕亲身体会过休息时间的抢座大战吧。

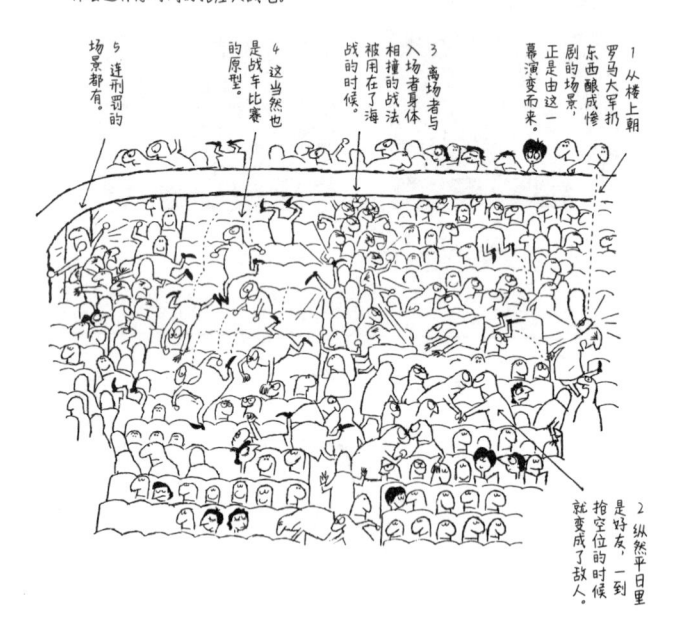

1 从棚上朝罗马大军扔东西酿成惨剧的场景，正是由这一幕演变而来。

2 纵然平日里是好友，一到抢空位的时候就变成了敌人。

3 离场者与入场者身体相撞的战法被用在了海战的时候。

4 这当然也是战车比赛的原型。

5 连刑罚的场景都有。

新浪潮电影的调度精髓

假如以《消失的女人》(*Des femmes disparaissent*, 1959)、《通往绞刑架的电梯》(*Ascenseur pour l'échafaud*, 1958)、《广岛之恋》(*Hiroshima mon amour*, 1959)、《我们曾知否》(*Sait-on jamais...*, 1957)、《筋疲力尽》(*À bout de souffle*, 1960)、《我唾弃你们的坟墓》(*J'Irai cracher sur vos tombes*, 1959)、《四百击》(*Les quatre cents coups*, 1959)、《表兄弟》(*Les cousins*, 1959)、《城市中的见证》(*Un témoin dans la ville*, 1959)等影片为范本来拍摄《哈姆雷特》的话……

1. 我和夏布罗尔(Claude Chabrol)还有特吕弗(François Truffaut)连酒都没喝过,却对新浪潮的场面调度理论评头论足,别说会遭人唾弃,恐怕还

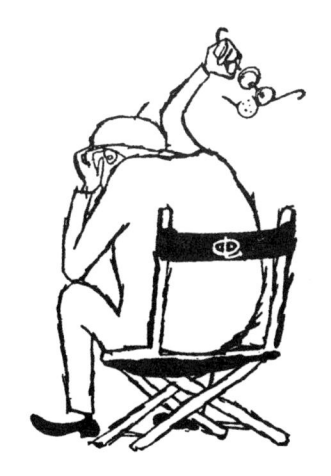

会受人追杀。因此，上面的标题只是个表面形式，模仿新浪潮电影应该没什么问题，尤其适合喜欢盗版的日本国民。

2. 首先，小成本是常识中的常识。拍摄时当然得全程外景，为了让部分场景看着像花了点钱，还需要把实景拍得像布景的技术。在这一点上，日本的许多破房子比布景更像布景，值得推崇。若要拍脏兮兮的环境，税务局、区政府、国营铁路的候车室可谓是绝佳的外景地。厕所常被用进犯罪场景中，而日本的厕所恐怕比小迈克尔·托德（Michael Todd Jr.）的"气味电影"①效果更佳，也能接上"可疑人士走进厕所"的结尾。

3. 从古典作品中汲取素材已成为常识。"成年人不懂"②现在的流行素材。新浪潮电影极富商业性质，必须迎合所有人的口味。所以我才决定以新浪潮的风格来拍摄《哈姆雷特》。电影标题等时间过得差不多了再放出来。在此之前，要是场面实在撑不住了，就插点突兀的动画进去。如此一来，有的观众会觉得自己赚到了，看了两部电影，且对于喜欢动

---

① Smell-O-Vision，另译嗅视系统，指在放映影片的过程中释放气味的模式，技术由汉斯·劳贝研发，首次运用于小迈克尔·托德制作的电影《神秘的气味》(*Scent of Mystery*, 1960)中。——译注
② 原文为"大人は判ってくれない"，是电影《四百击》的日文译名，直译成中文即"成年人不懂"。——译注

丹麦城内的场面
哈姆雷特……让-保罗·贝尔蒙多
GENTLEMEN
垃圾桶

哈姆雷特
原著 莎士比亚
导演 手冢治虫

幽灵场面
幽灵……
菲利普·克莱
为了烘托气氛，必须露出巴黎铁塔（东京塔也可以）

画的观众来说，即便后面的内容很枯燥，他们也乐意走进影院。

4. 配乐一定要用古典乐。肖邦和莫扎特就挺好的。格里高利圣歌①怎么样呢？时间还可以再倒退些，把那些赞美歌录成磁带后倍速播放，意外地能给现代爵士乐迷留下深刻印象。要是不好办的话，祭神的锣鼓乐也可以。新浪潮电影配乐的诀窍在于：不得罪古典乐迷与现代爵士乐迷的任何一方，两种风格交叉使用。

5. 给明星化妆打扮之类的傻事就别做了。这意味着必须挤出化妆费。即使不搞这些，世上也不乏贴合角色的长相。不过，挑选主角的时候，关键在于这个人行动力强不强，这是新浪潮电影的必备要素，因此咱们要对候选人进行观察，譬如随群众一同涌入电车时，他（她）会如何抢占座位。还可以突然从后面拿枪对准他，考验他的应变能力。表现可以的话，随便谁都可以录用。

6. 接下来，终于要进入拍摄了。您说剧本？这种东西可以边拍边写嘛。以防万一，假如摄影过程中突然想掀人裙子、

---

① 也称为格里高利圣咏（Gregorian chant），一种单声部、无伴奏、纯人声的宗教音乐，以教皇格里高利一世命名。

国王……利诺·文圆拉
王妃……让娜·莫罗

奥菲利娅……安东内拉·卢瓦尔迪　　哈姆雷特装疯的场面

杀害波洛涅斯的场面　　波洛涅斯……贝尔纳·布里埃

THE TROUBLE WITH HARRY

把清汤荞麦面泼人头上,就当场编入表演中。就算后面的故事因此而变得出人意料,那也是"随心所欲"①嘛。因为即便想等会儿再用那些灵光一闪的点子,过了五分钟也就忘得一干二净了。

7. 希区柯克(Alfred Hitchcock)的点子应该原样挪用。但模仿《西北偏北》(*North by Northwest*,1959)的话一下子就会露馅儿,像《怪尸案》(*The Trouble with Harry*,1955)就不太显眼,观众很容易忘记,经常用也没问题。

8. 大量且有效地使用近景镜头。有效的意思是:当裤子烂得不成样子时,只拍摄上半身;当上衣脏到无法使用时,剩下的场景可以只拍摄脚部。定做两套服装实在太奢侈了!只要剪辑得当,完全可以只靠上半身和下半身来营造新鲜感,仿佛拍出了全身一般,是种十分巧妙的手法。

9. 用虚焦模式拍摄大量客流高峰或示威群众的画面,如此可以运用在任何一款群众场面中。要是偶然拍下了首相、总统的队伍,那就赚大了。因为评论家会更关注其中的新闻价值,而忽略演员们的糟糕演技。

---

① 原文为"勝手にしやがれ",是电影《筋疲力尽》的日文译名,直译成中文即"随心所欲"。——译注

奥菲利娅发疯的场面

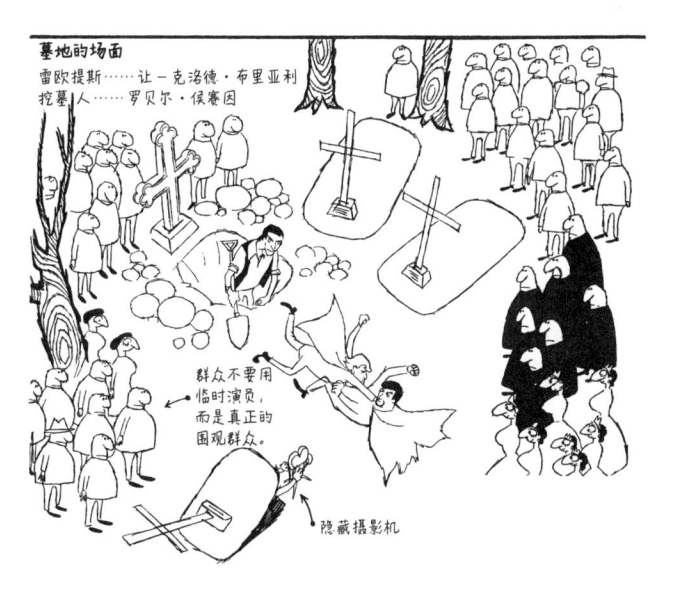

墓地的场面
雷欧提斯……让-克洛德·布里亚利
挖墓人……罗贝尔·俣赛因

群众不要用临时演员，而是真正的围观群众。

隐藏摄影机

10. 在需要冲击力的场面中，如果没有手枪出场，就应该用到汽车。倘若汽车上有手枪，那当然是再好不过。汽车比飞机划算，即使在里面摆弄摄影机，也没人会发现。警察的白摩托车上通常附带赠品（犯人），黑出租①上有时能看到如利诺·文图拉（Lino Ventura）②般的凶恶面孔，这些画面都可以直接拿来用。要是筹不出坐汽车的费用，就用电梯当背景吧，反正不要钱。

11. 假如拍不出华丽的场面，可以用打架互殴来弥补。让演员拳打脚踢，总之往死里揍，揍到厌倦为止。在开拍的前一天，喝一大堆酒，然后找混混儿单挑，如此便能作为表演的参考。《消失的女人》的最终决斗看起来就有这种味道。

12. 干脆而黏糊、散漫而快活的亲热戏是新浪潮电影的特色。诀窍在于把连贯的画面剪得支离破碎，令其在闪回镜头中一闪而过。可以在这些被剪碎的片段间插入毫无关系的画面，即可产生一种不知所云的感觉，观众会为此感到兴奋。如果想表现滚了二十四小时的床单，那这种手法必不可少。

---

① 原文为"白夕ク"，指无营业执照却进行出租汽车营业的自备车，因日本私家车的号码牌为白色而得名。
② 出生于意大利，出演过众多法国电影，通常扮演强硬人物如罪犯或警察，代表作是《影子部队》(*L'armée des ombres*，1969，饰演抵抗运动领袖)。

王妃卧室的场面

架子上有一台留声机，里面播放着肖邦的音乐。

"TO BE OR NOT TO BE QUE SERA SERA"

与雷欧提斯决斗的场面

这里一直播放瓦格纳的音乐。

要是没有可以插入的画面，那就没办法了，只能把剪碎的片段再拿出来拼凑。拼不好的话，就让人物先穿着衬衣坐在床上，下一秒再切到他们赤身裸体盖着被子——这种出人意料的时间跳跃也能让观众拍手叫绝，尽管用就是了。

13. 假如没东西可拍，就仔细而执着地围绕着一个场景拍。知识分子会以为其中有什么深意，于是一个劲儿地盯着看。当然，哪怕没有任何意义，他们肯定也会加上意义的。就这点而言，《四百击》的最后一幕①无疑是成功的——在没有意义这方面。

14. 偶尔，得对主角来个正面大特写，让他对着镜头咧嘴一笑或摆点造型。在《消失的女人》的高潮中，罗贝尔·侯赛因（Robert Hossein）忽而瞪向观众，此后一个半小时的剧情完全云里雾里——有女性观众在影评栏里如此写道，因此这样的镜头对女性观众而言是不可或缺的。不过，再怎么用特写镜头，女性观众对有些人就是不感冒。这种情况下，就近景拍摄动物的面部吧，还能讨好迪士尼《美丽的动物》系列②

---

① 《四百击》最后一幕是对一路奔跑到海边的主角茫然面孔的定格特写镜头。
② 该系列纪录片由《沙漠奇观》(*The Living Desert*, 1953)、《大自然的50英亩》(*Nature's Half Acre*, 1951)、《水鸟》(*Water Birds*, 1952)、《海狸谷》(*Beaver Valley*, 1950)组成。——译注

的影迷。猫头鹰的脸便是最好的例子。

15. 说到正上方的俯拍镜头，前面提到的希区柯克等老前辈都经常使用①，《四百击》里的体育课场景可谓毫无新意，但路易·马勒（Louis Malle）有效利用了正下方的仰拍镜头②，令观众大吃一惊，往后应该多多使用这种手法。把镜头从绅士淑女的正下方往上拍，或许能让观众们高兴一把呢。

---

① 希区柯克执导的《惊魂记》《迷魂记》中有非常经典的垂直俯拍镜头。
② 此处可能指《通往绞刑架的电梯》中电梯井里的仰拍镜头。

16. 杀人的场景尤其需要下苦功,对被害者的处理最为关键。光看报纸、电视还无法理解,您得亲身扮演一下被害者才能明白。假如演技不够,可以学习《通往绞刑架的电梯》,里面只拍下了老板被杀的瞬间。在这一点上,《我们曾知否》中 O.E. 汉斯(O.E. Hasse)遇害的场景正是个优秀的例子:被杀的一方大笑,而杀人的一方落泪。《筋疲力尽》里的贝尔蒙多(Jean-Paul Belmondo)也一样,遇害后他自己闭上了双眼,露出了喜悦的神色。被杀后索性自己在地上挖个坑,再躺进去把坑填上,我觉得这样的结局也不失为一种新方案。

(《银幕》,1960 年 6 月号)

奇幻电影的邀请函

我看过《奇妙英雄》(*The Incredible Mr. Limpet*, 1964)[①]后，心情难得舒坦了一次。我太喜欢这类奇幻故事了。然而观众却没几个，夜场空荡荡的。照冈俊雄先生的说法，这类电影的观众群太模糊了。的确，如果把这当战争片来卖，观众实际一看，会发现讲的是人类变成鱼的故事，无疑会令人心生疑惑。

英国的知名制片人——鲍威尔（Michael Powell）、普雷斯伯格（Emeric Pressburger）两位也曾谈及《霍夫曼的故事》(*The Tales of Hoffmann*, 1951, 另译《曲终梦回》)的惨淡票房；执导过《我的朋友叫哈维》(*Harvey*, 1950)、《圣女歌声》(*Come to the Stable*, 1949)等影片的亨利·科斯特（Henry Koster）是我偏爱的导演，如今他也转战历史片了。内田吐梦导演的《疯

---

① 该片讲述了二战时一位想参军的簿记员因意外变为会说话的鱼，最终帮助美国海军定位和摧毁了纳粹潜艇。影片采用了真人与动画结合的表现形式。

狂的狐狸》（1962）同样不卖座。这次小林（正树）导演的《怪谈》（1964）也有入不敷出的危险。总之这一系列的奇幻电影，上座率都不理想。虽然不知道算不算奇幻类，反正只有圆谷（英二）先生的特摄片才能勉强吸引观众，实在凄凉。如今的观众，恐怕已没有心情和余力在充满梦幻、幻想、奇趣的世界里游玩了吧。

但也并非如此。假如把动画的实验作品等集中上映，肯定会相当卖座。从动画非现实的前卫性质来看，这不正是电影最纯粹的迷人之处吗？不过，问题似乎还出在别的地方。

如果去郊区看电影，譬如看完《石中剑》（*The Sword in the Stone*，1964）后，一进走廊就是扑面而来的厕所味儿。而且墙壁上贴满了《某某决斗》《拆散某某》的海报。不仅如此，场内还播放着披头士等毫不相关的音乐。再往外走，更是有灰尘、车辆、人群、喧嚣声以及艰难的生活等着你。这种情况下，还能多陶醉一分钟就怪了。

奇幻电影不受待见，还是因为社会的变迁。从疯狂的现实生活中逃进童话的世界里，且只有两三个小时，这能有什么效果呢？不过，我还是推荐大家去看奇幻电影。社会越是如此，我们越是需要这样的电影。一想到人类彻底失去梦想后的空虚，梦想的荒唐绝不算愚蠢。

（《银座百点》，1964 年 10 月号）

微观世界与人类危机——《神奇旅程》

老实说，我非常惊讶。我惊讶的不是影片《神奇旅程》（*Fantastic Voyage*，1966）的特效与内容，而是惊讶于它和我十八年前的漫画实在相似。

从事这行工作的我已经习惯了被人模仿，可依旧哑然失语，相似到赶忙看了第二遍。根据解说，这是两年半前由科幻作家奥托·克莱门特（Otto Klement）及杰罗姆·比克斯比（Jerome Bixby）创作的原创剧本。可我着急的理由，是两年半前《铁臂阿童木》（美版叫 *Astro Boy*）的《细菌部队之卷》在纽约等地的电视台播出过。而这个《细菌部队之卷》，正是改编自我十八年前的漫画《吸血魔团》。情况有点复杂，简单来说，我都怀疑那两位科幻大师是不是看过《铁臂阿童木》的《细菌部队之卷》后，才有了本片的灵感。

其实故事相去甚远：在影片中，只要经过特殊光线的照射，不管是人类、衣服、注射器，还是交通工具全部都能缩小；但在我的漫画中，注射过细胞缩小液之后，能缩小的只有人体。因此，衣服和携带的物品均维持原样，缩小的人类一丝不挂。记得在以前看过的科幻电影《不可思议的收缩人》(*The Incredible Shrinking Man*，1957）中，人缩小后也会变成裸体，这样更有真实感。

在影片中，人类被注入静脉后会流向心脏，接着从肺部经由淋巴系统来到内耳，最终抵达大脑；在我的漫画中，人类由口腔进入体内，穿过喉咙抵达肺门，然后从淋巴系统流向内耳，经过大脑之后，又回到了肺部。影片中的脱离方法是顺着眼泪流出来；在我的漫画中是打喷嚏的时候从鼻孔里飞出来。影片中，主角等人遇到了抗体，被白细胞攻击；我的主角则是遇到了结核杆菌，被白细胞攻击。另外关于缩小时间的限制，电影是六十分钟，我的是六十小时。

相似之处是在画面与效果上。电影中，心脏的半月瓣如同可怕的巨型生物一般活动起来，把一行人吞了进去，一模一样的情形在《铁臂阿童木》里也有。电影中，吓到了史蒂芬·博伊德（Stephen Boyd）、阿瑟·奥康纳（Arthur O'Connell）等人的心跳声，在我的动画里也能全程听到。脱离人体时人物瞬间变大的情况也一模一样，而且内脏壁的设计也颇为相似。

前些日子，《细菌部队》碰巧在播放《阿童木》的时间段重播，我感觉要出大事了。为防止不负责任的观众反过来认为《细菌部队》是《神奇旅程》的翻版，我们甚至在标题后面特意标注"这是十八年前的……"。

很抱歉我的个人私事占了这么大的篇幅,尽管此片高额的制作费、豪华的特效令我略有不甘,但看完之后,仍是觉得非常有趣。如果把片中人物的动机视为看点,那确实值得一看。令人烦不胜烦的 007 类型、《疯狂大赛车》(*The Great Race*,1965)这类沉闷的闹剧最近大行其道,比起它们,还是这部更值得观看。电影的目的本是"呈现看不到的东西",乔治·梅里爱(Georges Méliès)的荒唐无稽电影在这一点上就十分厉害,而本片也继承了其正统的荒唐无稽。

其实我觉得有点遗憾——若能贯彻"电影表现无须理由",导演们大可用本片的方法拍出更多不同的作品。假如放在日本电影界,大概会接连拍出《神奇旅程 2》《神奇旅程 3》《神奇旅程之逆袭》等无聊的续集。

在那次成功之后,电影中的 CMDF(联合缩小军)又会有什么样的研究进展呢?肯定会努力延长六十分钟的缩小时间吧(虽然正因为有限制,电影才有意思)。假如能半永久地维持缩小状态,就可以直接在病灶附近的组织里搭个医疗帐篷,还能建立研究所,开始研究病理切片和病原体。癌症尽管早期易治愈,却极难发现。这时便可在体内四处探险,把癌细胞一一击破。也能用激光直接烧毁,可一个不小心,也可能造成刺激,反而引发癌症。

人类还可以潜藏在皮肤、皮下组织里面，从毛孔窥视外界——非常适合搞间谍工作。不过，人体过于庞大，恐怕说话声听起来都不像声音，像单纯的巨响而已。

女性的话，可通过流产、阻止排卵等方式来避孕。但绝对不能进入消化器官内部，首先，这样会被排进厕所里，而且必须和大肠杆菌组队才能开始。

说不定可以在脑细胞中制造特殊的电刺激，使人做梦、接受某种暗示。某些情况下，还能使人进入永久的催眠状态，从而随心所欲地操控之。又或者可以改变人的性格、灌输其他人格。如果这类事情日常发生在我们身边，那可是一桩大事件。人类被人类征服，而缩小的人类，也许被更小的人类统治。这哪里是"人外有人"，简直是"人内有人"啊。

观影的时候，我不禁深思：从组织内部来看，人体就像一堆巨大的团块或是大山。对细菌而言，人体不过是个住所，它们压根儿不觉得人是生物吧。照同样的比例来看，对地球而言，住在上面的人类跟细菌没什么两样，仅仅是微不足道的存在。人类坚信地球不是生物，但也许它就是生物，即使算不上生物，也可能是一种与生物类似的特殊存在。感觉得从宇宙中眺望地球，人类才能明白过来。

啊，这是个不错的想法。看样子能把它作为素材去画点其他的科幻漫画。

（《电影艺术》，1966年11月号）

用朴素手法实现的"飞行梦"——《马戏团天使》

从原始时代开始,人类就有"像鸟儿一样翱翔天际"的愿望,儿时的我们也当真这样想过,在梦中经历了多次空中飞翔。

飞机在一定程度上实现了这个欲望,可人类仍想变得跟久米仙人①一样,靠自己的力量在低空中轻盈飞翔,四十五分钟就能从东京到大阪,这确实是一件方便又好玩的事情。

从《红气球》(*Le ballon rouge*,1956)、《气球漫游记》(*Le Voyage en ballon*,1960)到《马戏团天使》(*Fifi la plume*,1965),"把翱翔天空的幻想谱写成诗"是拉莫里斯(Albert Lamorisse)一贯的主题。在《红气球》与《气球漫游记》中,通过对气球这种本质上只会飘浮的物体进行拟人化处理,他完美地表现出诗人想要逃离尘世的心情。在"逃离"这一点上,《白鬃

---

① 日本神话中能够自如飞行的仙人。——译注

野马》(*Crin blanc: Le cheval sauvage*，1953)里少年与马一同消失在大海中的结尾也是一样。

然而在《马戏团天使》里，人类取代了气球。这个人还是个专偷时钟的穷小偷。这位演员我是第一次看到，但他特别可爱，尤其是变成天使后咧嘴一笑的样子，简直棒极了。关于小偷变天使的故事，美国电影中倒是也有《我们不是天使》(*We're No Angels*，1955)这部佳作，可《马戏团天使》中的这位飞飞（Fifi）天使不仅有翅膀，还能扇动它们。换作其他电影，可能会遮遮掩掩的，教人无法直视，拉莫里斯却大方朴素地把它呈现了出来。

这位天使被俗人穷追不舍，看似已走投无路，最终却在贫困的渔夫家找到了幸福，从此定居下来，还有了孩子。从中我们似乎能感受到诗人拉莫里斯的心境变化，令人兴趣颇深。

本片的奇特之处，在于拉莫里斯特意采用了棍棒喜剧（slapstick）的表现手法。特别是飞飞与马戏团驯兽师的决斗场景，大概受到了当时在法国上映的美国电影《疯狂世界》(*It's a Mad, Mad, Mad, Mad World*，1963)的影响，片中充斥着大量欢乐的笑点。不过有趣的是，影片虽然走的是美式闹剧的套路（常用手段），却又莫名地优哉游哉、故意装傻，成功体现了拉莫里斯的个人风格。布谷鸟挂钟的布谷鸟掉进水中时，一边鸣叫一边发出咕噜声的地方，简直跟动画一样搞笑。

在飞飞逃离马戏团，为恋人四处找时钟的场景里，拉莫里斯开始了他拿手的俯瞰摄影。他完全没有使用合成技术，而是坚持用威亚吊着演员飞翔。这类特殊技术用得越多，便越接近漫画电影[①]，尽管没有了真实感，但拉莫里斯几乎全片采用外景拍摄，制造出了一种迷人的质感。

这类电影该用什么标语来吸引观众才好？对于十年前压根儿不相信太空旅行的人来说，现在也许无法明白这部电影的价值。可不管是谁，当看到主人公翱翔天际的场景时，无疑会回忆起童年时代的梦想，心中涌起怀念之情。

(《妇人公论》，1966年2月号)

[①] 原文为"マンガ映画"，20世纪70年代以前，"アニメ"（anime，动画）一词在日本的使用还不算普遍，那之前的动画电影一般被称为"マンガ映画"或"漫画映画"（漫画电影）。后述据原文保留这一具有时代特色的称谓。

我的科伦坡

在陀思妥耶夫斯基的《罪与罚》中,有一处情节是警官波尔菲里对杀人犯步步紧逼,进行逼问。尽管没什么证据,但他凭借这种近乎讨厌的执拗与诚恳对犯人紧咬不放,过程精彩至极。

其实我以前隶属于某个剧团,该剧团就表演过《罪与罚》。当时的波尔菲里警官也给我留下了深刻印象。

听说刑警科伦坡①的角色原型就是波尔菲里警官时,我不禁恍然大悟。皱巴巴的风衣和他太太②的设定,固然在性格塑造上起到了出色的调味作用,可还是得益于古典文学为电视剧提供了一个好点子。或许有点偏题了,关于科伦坡刑警喜

---

① 科伦坡一角出自经典美剧《神探科伦坡》(*Columbo*,另译《神探可伦坡》),1971年开播,是三谷幸喜编剧作品《古畑任三郎》的灵感源头。
② 科伦坡在向嫌疑人套话的时候,很喜欢说些家长里短的话,目的是令嫌疑人放松警惕。其中比较有名的一句是"我太太她呀……",后面常接一些日常琐事。

欢在廉价食堂里吃的辣肉酱，大概是我见识短浅，不知道这是什么东西。如果弄清楚了，真想让我家太太做一次，尝尝它的味道。

(《神探科伦坡 20 自缚的绳索》，二见书房，
1975 年 12 月 27 日发行）

对手故事

在我的漫画中,有两位明星每次都会露面:头顶插蜡烛的阿实契连·蓝普(Acetylene Lamp)和整天露着牙齿的哈姆·艾格(Ham Egg)。

说来我与这两人算是老相识了。蓝普首次出现于《失落的世界》(1948),哈姆·艾格则是《地底国怪人》(1948),假设他俩当年都是三十岁的壮年男子,那现在就是六十岁的白发老演员了。

我可不要这样。幸好他们不是真人,多亏是漫画,如今二人仍能在动作戏中上演精彩绝伦的打斗,还能演争风吃醋的戏份。然而,电影明星就无法这样。看到曾经被誉为"永远的青春明星"的俊男美女转眼变成耄耋老人,扮演外貌丑陋的配角时,我就深感人生无常。

前阵子,我重温了一遍三年前的《北帝王》(*Emperor of the North Pole*,1973)。两位主角——欧内斯特·博格宁(Ernest

Borgnine）与李·马文（Lee Marvin）满脸皱纹、白发苍苍的衰老模样，令我痛彻心扉……想起来，这两人的怪诞风格曾把我迷得神魂颠倒……那已经是二十年前了。

我把这两位演员与蓝普、哈姆·艾格重叠了起来。一张面容像压扁的鬼瓦①仙贝，另一张则像得了慢性副鼻窦炎，为了不错过他们仅有的几个镜头，我在影院里看得聚精会神。

这两位奇妙配角的首次合作，是约翰·斯特奇斯（John Sturges）导演的《黑岩喋血记》（*Bad Day at Black Rock*，1955）。主角是著名演员斯宾塞·屈赛（Spencer Tracy），鬼瓦仙贝博格宁扮演在乡间小道上跟主角撞车的讨厌鬼，鼻窦炎马文则扮演瞬间被秒杀的底层牛仔。由于这两位喽啰卖力的表演，扮演坏人的罗伯特·瑞安（Robert Ryan）也显得分外出彩。

两人的第二次合作是《周末风云》（*Violent Saturday*，1955）。虽是一部 B 级片，但在这个紧凑的惊险故事中，李·马文饰演了一位爱抽鼻烟的杀手，而博格宁竟然饰演了一位崇尚非暴力不合作主义的阿米什②农民！实际上，这一年他在《君子好逑》（*Marty*，1955）中首次担任主角，饰演一位肉店工人，并成功拿到了奥斯卡奖。或许当上奥斯卡影帝后，再演可恨

---

① 日本庙宇宫殿等建筑物上的板状瓦片，有多样设计，此处指的可能是怒目、圆鼻、尖牙鬼面形的瓦片。
② 阿米什人（Amish），以拒绝汽车、电力等现代科技设施，过着简朴生活而闻名。

的坏人有些奇怪,所以他才变成了这样的角色吧。

看到头戴黑色阿米什帽子、拼命挤出笑容的博格宁,我忍不住笑喷了。不管怎么看,这位农民都像披着羊皮的大猩猩。果不其然,这个连虫子都不敢杀的阿米什人,在最后用好似尖叉的农具从背后捅死了马文。哇,真是棒极了。我特别喜欢这幕高潮,还委托责任编辑Y四处寻找它的剧照。最后,Y特意找发行公司借来最后一盘胶片,把那一幕洗成了照片。着实感激不尽。

博格宁生于1917年,马文生于1924年,年龄相差七岁,却同是在1951年初登银幕。并且,同样靠演配角为生,靠反派角色打出了一片天地。虽说是角色而已,但马文老被对手博格宁捅死,恐怕心里也很不愉快吧。

或许是对此前角色安排的一种报复,在《北帝王》里,流浪汉马文与凶神恶煞的售票员博格宁在疾驰的货运列车上展开了殊死决斗,博格宁不仅被斧头砍伤双臂、浑身是血,还被马文从列车上推了下去。

然而,博格宁还活着。明明半死不活了,却还是在铁道旁站了起来。

看这副怪物般的模样!这才是我们的博格宁啊。

战争时期,这两人同时入了伍,战后在百老汇表演,进入电影界后,都一年拍四部电影,见缝插针地挣钱。博格宁获得奥斯卡奖后,马文也凭借《狼城脂粉侠》(*Cat Ballou*,

1965）夺得了奥斯卡奖。如今，两人都完全坐上了主角的宝座。

两人扮相最精彩的角色——马文的话，要数在《西部黑手党》(*The Comancheros*，1961）中演的莫西干头醉鬼。博格宁则是《海盗》(*The Vikings*，1958）中满脸胡子的大王，他最后还被狗吃掉了[①]。

那么，他们下一次合作又是什么时候呢？但愿故事不要是两人在养老院里步履蹒跚地互扔假牙，希望他们能永远以可恶又倔强的姿态进行对决。

（*Apache* 创刊号，1977 年 7 月 23 日号）

[①] 影片中是被一群恶狼吃掉了。——译注

科幻电影的魅力

听闻今年是科幻电影年,亏我还满心期待,结果上半年没几部像样的作品。

不过有一部电影,如果大家有钱买 *Apache* 的话,不妨去看一看吧。不对,应该是买 *Apache* 后再去看电影。那就是苏联制作的科幻电影《飞向太空》(*Solaris*,1972)!

NHK 的晚间新闻已经介绍过这部电影了,恐怕有不少人想去瞧一瞧吧。可惜由于特殊的发行方式,除了东京、大阪等大城市外,几乎没有地方影院上映。总而言之,本片的看点是主角纳塔利娅·邦达尔丘克(Natalya Bondarchuk),演技堪称奥斯卡水准。

她扮演的角色,是男主角已故的年轻妻子哈莉。片中来历不明的东西假扮成哈莉,突然登场。她爱上了男主角,正准备伴他入眠时,男主角看到了她与亡妻一模一样的外貌,结果因感到毛骨悚然而逃走了。

纠缠不放的假哈莉执念太深。她徒手摧毁金属门，从房间里血淋淋地跑了出来。最终她喝下液态氧，身体僵直地在地上冻结了起来。

演技如此精湛的女演员，实属罕见。

这部《飞向太空》似乎深受美国科幻电影《2001太空漫游》（*2001: A Space Odyssey*，1968）的影响。而《2001太空漫游》即将于明年春天重映，希望各位没看过的年轻人能好好期待一下。

先前说"今年虽然是科幻电影年，却没几部像样的作品"，这实际上是我在耍脾气，因为《2001太空漫游》本应于今夏上映，却因故推迟到了明年。有观点认为，这是因为今年春天上映了一部标题相似的电影，即《2300未来漫游》（*Logan's Run*，1976）[①]。对比《2001太空漫游》，《2300未来漫游》的水平还是差得太远。

更何况，《2001太空漫游》是唯一一部史上最棒的科幻大作啊，各位。

我没有收钱搞宣传。熟识的科幻作家都对《2001太空漫游》赞不绝口。且说到这部电影，我还有小小的一点回忆。影片的导演是斯坦利·库布里克（Stanley Kubrick），我曾收到

---

① *2001: A Space Odyssey* 的日文译名是《2001年宇宙の旅》，*Logan's Run* 的日文译名是《2300年未来への旅》，后者常见的中文译名为《逃离地下天堂》。

过他的来信。①

虫制作推出《铁臂阿童木》的第二年,我突然收到了库布里克的来信。随手打开一看,竟是想邀请我为库布里克的新科幻片做美术设计。该片正是《2001太空漫游》!

当然,那时连标题也没定下来,故事处于尚未成形的阶段,库布里克在信中只提到是一个"以月球为背景的未来故事"。也就是说,电影的原作者——科幻作家克拉克(Arthur C. Clarke)打算写一个关于月球基地的故事。库布里克问了我如下两件事:

——你会说英语吗?

——接下来的两年,你愿意住在伦敦担当制作人员吗?

遗憾的是,两个都不行。我还要继续制作《铁臂阿童木》,实在无法离开日本两年。

于是,事情就这样泡汤了。几年过去,我去了成片的试映会,字幕中出现了"美术设计某某某"的字样——上面本应是我的名字啊!我心里满是悔恨,强忍着苦涩的泪水。

电影本身无疑是部让人大开眼界的佳作。它过于优秀,以至于我有些不知所措。它也有先锋派艺术的感觉。大家离开试映厅时,都是一副云里雾里的表情。

看了两三遍后,我才渐渐明白这部荒谬作品的内容,只

---

① 关于此事更详细的经过还可参见《我是漫画家》中"斯坦利·库布里克的来信"一节(北京联合出版公司,2021,第240—241页)。

觉得太厉害了。《2001太空漫游》最适合反复观看。哪怕看上一百遍，也能有相应的收获啊，各位。

（*Apache* 第 2 期，1977 年 8 月 8 日号）

恶魔电影的源流

最近的法国电影完全不行,意大利电影也用尽了素材,美国电影中,唯独惊悚片和猎奇片迎来了黄金时期,实在令人惋惜。

虽然我不是水野晴郎[①]先生,但每次电视上播放二十年前的电影时,都不禁想感叹一句:"哎哟,电影真的好有意思啊。"当时的好莱坞、法国、意大利的奇尼奇塔(Cinecittà)电影城、英国的约瑟夫·阿瑟·兰克(Joseph Arthur Rank)[②]都洋溢着活力,即便拍出来的是二流、三流片。大家热情高涨,意图拍出"有意思的电影"。

---

① 水野晴郎(1931—2008),日本的电影评论家、电影导演。"哎哟,电影真的好有意思啊"(いやぁ、映画って本当にいいもんですね)是他的名言。——译注

② 英国著名实业家,后来成为英国电影的主要发行商,也是世界最重要的电影制片人之一,创建了鹰狮电影公司(Eagle-Lion Films)、英国国家电影公司(British National Films Company)等多家公司。

当下流行的恶魔电影,过去也不全是只顾着吓人的猎奇片。里面有梦想,有天真。

法国鬼才导演马塞尔·卡尔内(Marcel Carne)[话虽如此,现在的人恐怕都不知道他了。他拍摄过《雾码头》(*Le Quai des brumes*,1938)、《天堂的孩子》(*Les enfants du Paradis*,1945)等超豪华的传奇影片,他的作品几乎汇集了法国电影的全部优点,甜蜜而揪心]在战争时期拍了一部叫《夜间来客》(*Les Visiteurs du Soir*,1942)的奇幻电影。著名演员朱尔·贝里(Jules Berry)化身为帅气的恶魔,把情侣变成一座石像。然而,石像中却传来了恋人们怦怦的心跳声。恶魔用鞭子抽打石像,可里面的心跳声依然没有停止。

这动人的终幕令我心碎不已,我还把这个创意用进了《铁臂阿童木》,那就是《罗密欧与罗密叶》[1]一卷,不知道的人可以买来看看。

事实上,这部《夜间来客》制作于第二次世界大战期间,正值纳粹占领巴黎之际。显然,恶魔代表纳粹,恋人们则代表法国人民。也就是说,这是一部反法西斯电影。

还有一部法国电影叫《魔鬼的美》(*La Beauté du Diable*,1950)。著名演员米歇尔·西蒙(Michel Simon)在片中饰演恶魔,附身于热拉尔·菲利普(Gérard Philpe)饰演的青年身上,

---

① 该卷日文原名是《ロビオとロビエット》(*Robio and Robiet*),是将《罗密欧与朱丽叶》(*Romeo and Juliet*)的人物名与 robot(机器人)一词进行组接。

以青年的灵魂为代价助他成为国王。

说到这里,大家应该看出这个奇幻故事改编自歌德的《浮士德》了吧?这位恶魔也十分出色。正如标题所言,故事的主题很讽刺,恶魔也有善意和良心。

在更早以前的美国电影中,有部叫《黑夜煞星》(*All That Money Can Buy*, 1941)的作品。同样以浮士德传说为原型,恶魔把人变成大富翁的同时,要得到对方的灵魂作为交换。尽管这是一部小成本的二流电影,但这位恶魔却是天下一绝,因为他毕竟是由知名演员沃尔特·休斯顿[Walter Huston,著名导演约翰·休斯顿(John Huston)的老爹]饰演的。最后,画面中的恶魔指着观众,一脸"接下来轮到你了"的表情,咧嘴一笑,令人不寒而栗。

看来电影都很喜欢浮士德传说。下面说一部年代较近的作品,叫《失魂记》(*Damn Yankees!*, 1958),里面也有一名男子差点儿被恶魔抽走灵魂。有趣的是,这名男子希望成为职业棒球的知名投手,于是让恶魔帮自己实现愿望,代价是被抽走灵魂。可不同的是,这位恶魔有个美女助手,就跟女间谍一样风情万种,负责监视男子并抽出他的灵魂。但不幸的是,这位助手喜欢上了男子。恶魔勃然大怒,把美女变成了满脸皱纹的老太婆。这趣味真是古怪。不过,我记得电视上从未播过这部风格奇特的歌舞片。

换一下话题,说起幽灵、超自然电影,也是从前的老片更为新颖活泼，能让人发自内心地沉迷其中。譬如《欢乐的精灵》（*Blithe Spirit*，1945）讲述了住在古堡里的疯狂幽灵的故事，还有《太虚道人》（*Here Comes Mr. Jordan*，1941）这样的喜剧，讲述了死于飞机事故的飞行员幽灵附身于各种人的故事。它们都是我创作漫画的灵感来源。

英国电影《平步青云》（*A Matter of Life and Death*，1946）已经在电视上播出了许多次，大概不少人都看过。影片采用了特殊摄影，将死后世界与生前世界用黑白与彩色区分开来，然后用长长的阶梯连接起二者，美得如梦如诗。

现在流行《驱魔人II》（*Exorcist II: The Heretic*，1977）、《魔屋》（*The Sentinel*，1977）、《阴风阵阵》（*Suspiria*，1977）这些只会吓人的猎奇片，虽说是由《驱魔人》（*Exorcist*，1973）开的头儿，但更早的起源应该是《罗斯玛丽的婴儿》（*Rosemary's Baby*，1968）吧。

见鬼吧，波兰斯基（Roman Polanski）[①]导演！见鬼吧，超自然电影！观众就别去看了吧。

（*Apache* 第3期，1977年8月23日号）

---

① 即《罗斯玛丽的婴儿》的导演。——译注

纳粹军服

哎,有生以来头一次住院了。还是大病——肝炎。我只得停止了所有连载。

因此我远离了喝酒、抽烟、女人、夜游,过上了健康的生活,看了一堆电影。

话说我看了两部关于德国纳粹的电影,《苦海余生》(*Voyage of the Damned*,1976)和《猛鹰突击兵团》(*The Eagle has Landed*,1976)。

《苦海余生》是一部会集了资深大腕的感动巨作。另外一部则是关于内幕史的虚构故事,我这么说可能有点过分:纳粹固然可恨,但怎就如此帅气呢?

恰巧《最长的一天》(*The Longest Day*,1962)也在重映。在片名出现前,隆美尔(Erwin Rommel)[①]将军便已威风登场。

[①] 埃尔温·隆美尔(1891—1944),德国纳粹陆军元帅,著名军事家、战术家、理论家,有"沙漠之狐""帝国之鹰"的绰号。——译注

如此仪表堂堂、威风凛凛，都快称不上反派了。

而且在这类故事中，盟军战士经常假扮成纳粹将领或者士兵。例如《血染雪山堡》（*Where Eagles Dare*，1968）、《十二金刚》（*The Dirty Dozen*，1967）、《虎胆忠魂》（*Corbari*，1970）、《纳瓦隆大炮》（*The Guns of Navarone*，1961）、《战斗》（*Combat!*，1962）……

此外，大牌明星几乎都穿过一次纳粹军服。如《突出部之役》（*Battle of the Bulge*，1965）中的罗伯特·瑞安、《雷玛根大桥》（*The Bridge at Remagen*，1969）中的罗伯特·沃恩（Robert Vaughn）、《将军之夜》（*The Night of the Generals*，1967）中的彼得·奥图尔（Peter O'Toole），他们穿起来都有模有样。

不过，《将军之夜》中饰演主角纳粹将军的奥马尔·沙里夫（Omar Sharif）就有些奇怪了。毕竟奥马尔是埃及人，不可能扮得像纳粹。

话说回来，为何纳粹在电影中如此受欢迎呢？

我觉得是因为帅气。一种黑暗、冷酷又残忍的帅气。

AMEYOKO商店街的模型枪店里有卖世界各国的军服样品，最畅销的好像就是纳粹军服。

有那么一次，我想象过好莱坞明星穿日本军服的样子，果然不行。太土了。

也就是说，纳粹的帅气源于军服的设计。

再也没有其他设计，能如此贴切地表现出军队的冷酷、戒律、威严、灵活性以及利落感。

最近，崇拜希特勒的风气又在德国复活，似乎是亲纳粹派带的头儿，但那种帅气或许也是复活的原因之一。毕竟，现在的年轻人只要感觉来劲儿，就容易上头……

这是件可怕的事。

就因为外表帅气而痴迷其中，不管本质和内在——如果这样的人越来越多，那社会也就完蛋了。

而我为什么要聊这些呢？因为以前有一部描写隆美尔将军的电影（这部电影在电视上也重播过很多次），叫《沙漠之狐》（*The Desert Fox*，1952），由亨利·哈撒韦（Henry Hathaway）执导——啊，我年轻时崇拜的名导。

饰演隆美尔的是詹姆斯·梅森（James Mason）。

梅森太帅了，以至于我在自己创作的明星阵容中也加入了名叫梅森的坏人。

在某电影杂志的座谈会中，我提到了梅森："对了，那时候梅森有一部叫《古堡藏龙》（*The Prisoner of Zenda*，1953年于日本上映）的作品吧？"说完，虫明亚吕无[①]不禁开心地大喊："没错！"

---

① 虫明亚吕无（1923—1991），日本作家、评论家、翻译家。——译注

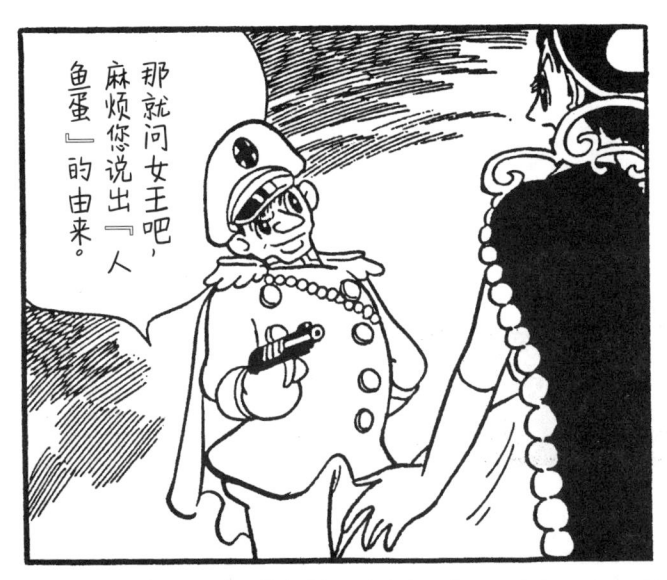

> 那就问女王吧,麻烦您说出「人鱼蛋」的由来。

梅森。出自《娜丝比女王》(昭和二十九年,即 1954 年)。

因为在《古堡藏龙》中,扮演坏人鲁伯特的梅森令人印象深刻。他身着缀满了闪亮扣子的军服(似乎是以纳粹为原型)飒爽登场。

"真好看啊。"

"哎,好像三岛由纪夫先生说自己喜欢那部电影呢。"

听到这句话,我大为震惊。

不久,我找到了三岛先生逝世前建立的私人武装"盾会"①的照片。

三岛先生身上的制服令我愕然。简直和《古堡藏龙》中的反派——鲁伯特的衣服一模一样啊。"盾会"制服的原型原来出自这部电影!

恐怕三岛先生迷上了电影中的梅森,在那身服装上找到了三岛美学的象征,于是沿用了它的设计……

如果只是偶然的一致,那我表示歉意。但考虑到三岛先生对纳粹主义的追求,也并非不可能。毕竟纳粹军服确实潇洒。

(*Apache* 第 7 期,1977 年 10 月 23 日号)

---

① 原文为"楯の会",1968 年 10 月 5 日成立于日本东京,是三岛由纪夫组织和领导的旨在维护传统天皇制度的右翼军事团体。

科幻冒险电影

年底到正月间的贺岁电影开始了试映会。

打头阵的试映电影是《杀人鲸》（*Orca*①，1977），制片人是负责过《金刚》（*King Kong*，1976）的迪诺·德劳伦提斯（Dino De Laurentiis）。

这位老头挺顽强的啊。影片主角是足足十五米长（宣传语：有一辆新干线长？！）的鲸鱼。有这样的鲸鱼吗？

据《综艺》（*Variety*）杂志报道，目前在纽约上映的电影中，《杀人鲸》的票房位居第二，而且连续三周都是如此。

那第一名呢？当然是《星球大战》（*Star Wars*，1977）啦。排行榜上位居第五、第七的电影，也将于今年年底（在日本）上映。其中之一，便是大家熟悉的007系列第十部——《007之海底城》（*The Spy Who Loved Me*，1977）。

---
① orca 指虎鲸，也被称为 killer whale（杀人鲸），地球上最强大的肉食动物之一。

演员罗杰·摩尔（Roger Moore）完全适应了邦德的角色，这次继续带来了紧张刺激的动作戏，然而本片中有位配角彻底盖过了邦德的风头。他叫"大白鲨"（Jaws）[①]，这是人类的名字。不知为何，这个人——应该说是怪物吧——假牙全部由金属制成。

这位杀人狂靠牙齿攻击对手，咬断对方的喉咙。身高两米一五，仿佛糅合了科学怪人与德古拉。扮演他的是硬汉演员理查德·基尔（Richard Kiel），也曾出演过《银线号大血案》（*Silver Streak*，1976）。

车子从悬崖坠入崖底的屋顶，"大白鲨"却悠哉地从里面走了出来；埃及大神殿的石头崩塌时，众人以为"大白鲨"被压在了底下，他却若无其事地出现在下一幕中。总而言之，这个角色死不了。最后，邪恶的堡垒受到猛烈攻击，"大白鲨"本应随之沉入海底，却又浮上海面继续游泳了。剧情发展至此，观众都被逗得捧腹大笑，甚至想为他加油打气了。

最精彩的地方，要数人类"大白鲨"与鱼类大白鲨的打斗场景。在此之前，还有个特别搞笑的地方：邦德用巨大的磁铁把"大白鲨"的牙齿给吸过来了，毕竟钢牙容易被磁铁吸引。邦德把磁铁移动到鲨鱼池上，接着把人类"大白鲨"扔了进去。于是二者开始了搏斗，不一会儿，人类"大白鲨"

[①] 此处可能指人名与斯皮尔伯格执导的《大白鲨》（*Jaws*，1975）的片名一样，该人物更普及的中文译名为"大钢牙"。——译注

就咬住了鲨鱼,把鲨鱼撕碎,轻松干掉了对手,观众也看得满心欢喜。

说起来,《杀人鲸》里也有大白鲨(jaws)出现。那是一种叫 white shark(白鲨)的凶猛鲨鱼,然而杀人鲸在电影的开场就把它三下五除二地吃掉了。

看来,好莱坞如今仍残留着《大白鲨》热潮的余波。最近似乎流行比大白鲨更厉害的对手将其"一招秒杀"的情节。这种抗衡意识让人感动得热泪盈眶。

《杀人鲸》有个"SPAC"超大作的名号。SPAC 即"Scientific Panic Adventurous Cinema"(科幻惊恐①冒险电影)的简称。其实就是给单纯的科幻冒险电影起了个煞有介事的称呼。

还有另一部 SPAC 新作,叫《冲出人魔岛》(*The Island of Dr. Moreau*,1977)。

说起科幻电影,似乎许多都改编自儒勒·凡尔纳(Jules Gabriel Verne)的原作。

比如说《海底两万里》(*20,000 Leagues Under the Sea*,1955)、《毁灭的发明》(*Invention for Destruction*,1958)、《大地之王》(*Master of the World*,1961)、《八十天环游地球》(*Around the World in Eighty Days*,1956)、《地心游记》等。作为奇幻电影,这些

---

① panic 此处译为惊恐,日本把表现人们在灾害、怪兽、病毒、僵尸等异常事态下陷入恐慌的电影,称为"パニック映画"(panic film)。

都达到了一定水平。

还有科幻名家——赫伯特·乔治·威尔斯（H.G. Wells）。

由其作品改编成的电影有《世界大战》(*The War of the Worlds*, 1953)、《隐形人》(*The Invisible Man*, 1933)、《时空大挪移》(*The Time Machine*, 1960)、《笃定发生》(*Things to Come*, 1936)、《猛鼠食人城》(*The Foods of the Gods*, 1976, 原标题直译为《神的食物》) 等。

听说与凡尔纳相比，威尔斯的作品更难拍摄。

有人说原因在于，凡尔纳的小说完全是写实的情节剧，威尔斯则是一名了不起的评论家，小说中充斥着各式理论。

我曾经暗自好奇，威尔斯原作的《莫洛博士之岛》(*The Island of Dr. Moreau*) 为什么没有拍成电影[①]。我特别喜欢这个故事（我肯定会把它列入科幻小说前十名），自己不少漫画的灵感都来自它。

简单来说，故事讲述了一名疯狂科学家沉迷于把野兽变成人类的研究，而电影中扮演科学家的竟是伯特·兰卡斯特（Burt Lancaster，他该不会是第一次演这类角色吧？）。哎，这位知名的动作影星也老了。

这位科学家接二连三制作出长着半边兽脸的怪人。既有和《人猿星球》(*Planet of the Apes*, 1968) 里长相一样的猿人，

---

① 前文提到的 SPAC 新作《冲出人魔岛》改编自该小说，下文介绍的就是此片。

也有豹人、狮人、野猪人。电影的特效化装技术也进步了。

关键是影片对原作进行了大幅度的修改,结尾改编得十分残酷,令人印象极深。

于是我想到,科幻电影终归是虚构故事,应该把氛围弄得欢快明朗些才是啊。

《小街的毁灭》(*Damnation Alley*,1977)、《2300未来漫游》也是一样,莫名充满了严肃与真实感。《冲出人魔岛》亦是如此,我都怀疑那种刺激感会不会引起轻微的不适。

所以说,还是拍摄《世界大战》《毁灭的发明》的时代[①]更好啊。

什么时候大家才会停止制作这类片子呢?

(*Apache*第9期,1977年11月23日号)

---

① 指20世纪50年代。

卓别林万岁！！

说起我尊敬的电影人，自然少不了华特·迪士尼（Walt Disney），但我也同样敬爱查理·卓别林（Charles Chaplin）。

初次接触卓别林，是在我上小学的时候。家里有《淘金记》(*The Gold Rush*，1925）的胶片，是精简版的，几乎看不出故事内容，却完整收录了名场面。

从经典的面包舞、雪山上被熊跟踪、肚子饿到把人看成火鸡，到高潮场景——暴风中差点儿坠落悬崖的房子，全部一个不落。

由于给我留下了过深的印象，那个房子摇摇欲坠的场面还被我用进了儿时创作的漫画里，即把漫画的格子画得摇摇欲坠。

我家还有《安乐街》(*Easy Street*，1917）这部短片的一部分。里面有个大恶棍欺负弱小，巡警卓别林恰巧路过，却遭恶棍欺侮。恶棍用力拧弯了煤气灯，而卓别林蹦得飞快，把恶棍的脑袋推进了煤气灯罩里，用煤气打败了对手。

我超级崇拜卓别林，特别想要他的帽子和拐棍。卓别林的外八字形象，深深印在了我的心里。因此，我漫画中的主角多是外八字姿势。胡子老爹、蓝普、哈姆·艾格、萨博特都是卓别林风格。

昭和十一年（1936年）的时候，卓别林来到日本，似乎引发了空前绝后的轰动，规模堪称史上最大。看看淀川长治①当时的记录就能知道民众的狂热。绝不像披头士、湾市狂飙者（Bay City Rollers）②那样只有部分年轻人为之痴狂。

而且，卓别林也特别喜欢日本人，很长一段时间，他的经纪人都是日本人。得知此事后，我大吃一惊。

几年前，卓别林的长篇作品经东和公司之手再度上映，为帮忙宣传，我在某杂志中装扮成卓别林，拍摄了照片。

当时我倾尽了一生仅此一次的演技，可看到洗好的照片后，发现自己还戴着眼镜。可恶！戴眼镜的卓别林简直是亵渎！

犬子手冢真第一次在影院里观看的电影，就是卓别林系列。从此，他变成了卓别林的狂热影迷，不仅看完了整个系列，还自己买了唱片。

卓别林老师，您把犬子变成了电影狂人呢。如今，他

---

① 淀川长治（1909—1998），日本著名的杂志编辑、电影评论家。——译注
② 二者都是摇滚乐队。——译注

加入了学校的电影研究会。而且这次……不,还是到此打住吧。

下面,让我们聊聊《绅士流浪汉》(*The Gentleman Tramp*,1976)。

卓别林有叫这个名字的电影吗?起初我挺疑惑的,心想反正是个短片集,于是没去参加试映会。在影评家 I 的推荐下,我才观看了此片。结果哭了两次。

这是由制片人伯特·施耐德(Bert Schneider)诚心打造的卓别林传记片。说到施耐德,他是《逍遥骑士》(*Easy Rider*,1969)的制片人,属于新好莱坞派(New Hollywood)。

他为什么要拍卓别林呢?因为归根结底,国外的电影人无论是谁都很尊敬、崇拜卓别林,想要拍一部这样的作品。

卓别林本人写过一本《卓别林自传》(*My Autobiography*,1964)。《绅士流浪汉》的故事便基于这本自传。

幻灯片中出现了卓别林悲惨的少年时代,他在贫民窟里乞讨,过着饥一顿饱一顿的生活。他的母亲则精神失常。这些经历可以直接与《寻子遇仙记》(*The Kid*,1921)中的弃婴、《狗的生活》(*A Dog's Life*,1918)中的卓别林重叠起来。

我这时才恍然大悟:原来卓别林是把自己的回忆拍成了电影,惹得观众又哭又笑。

片中还有卓别林来好莱坞之后电影爆红,不管在哪个国

家都受到热烈欢迎的场面。

这才叫万人空巷啊。不管是多有名的政治家，都不会受到民众如此的爱戴，就连王选手①也差得远呢。这正是艺术家的荣耀。哎，怎么就没有那般受民众追捧、热爱的漫画家呢？哪怕有一个也好呀。

被扣上红色分子的帽子后，卓别林被赶出美国，在瑞士生活了很长一段时间。可最终美国也不得不承认他的艺术成

---

① 指王贞治，日本职业棒球界的巨星选手，活跃于20世纪60至70年代，被誉为"世界棒球之王"。——译注

就，授予其奥斯卡终身成就奖。他出现在颁奖会场的那一幕令我感动落泪。

影片用特写镜头拍下了年迈的卓别林，面对观众们的热情，他热泪盈眶，不住地说着谢谢。

那真是一段漫长而痛苦的岁月。

这个段落虽然是实景记录，却也堪称一处感人的戏剧性情节。接着，全场一同合唱名作《摩登时代》（*Modern Times*，1936）的主题歌，场面震撼人心，充满感动。

还有一处是电影的最后一幕，八十多岁的卓别林在夫人乌娜的陪伴下，颤颤巍巍地漫步庭院。

他步伐踉跄，一次又一次地停下脚步。看到这幅画面，我慌张的同时，却也松了口气。画面持续了很长一段时间，就和他电影中令人熟悉的结尾一样。

这个结尾让人不禁祈祷：卓别林啊，愿您永远健康长寿。

听说不少年轻人觉得卓别林的电影陈旧而枯燥。

这些人给我吃屎去吧。

（*Apache* 第 10 期，1977 年 12 月 8 日号）

一把辛酸泪的《摩羯星一号》

可恶，我明明有生以来第一次写下了正儿八经的科幻小说，现在却沮丧到了极点。

火星探测船在返航途中被来历不明的太空疾病袭击，只有一人幸免于难，其余人员全部身亡。

然而在发射飞船的国家，总统担心此次事故会对自己下一次选举造成影响，于是准备了冒牌探险队来顶替，营造出探险队平安归来的假象。

幸存者历经磨难，终于回到了地球，却发现自己的冒名顶替者顺利归来，变成了英雄，自己反倒被政府的走狗盯上了性命……

情节大致如上。

虽然是个老套的故事，但我觉得设定还不错，辛辛苦苦写到了一半，出版社也不停地催稿。可就在此时，我读到了一个出人意料的剧本，剧本的名字叫《摩羯星一号》

(*Capricorn One*, 1977)……

万万、万万、万万没想到和我写的科幻小说如出一辙！！

虽说是巧合，但居然、居然能相似到这个地步！

之前也碰到过两三次类似的情况，每次我都会挨批：手冢从电影里抄了一模一样的构思，这是抄袭。真是冤枉啊。我只想说：这是单纯的巧合——就跟有些人碰巧长得像是一回事。

然后，这次又是《摩羯星一号》……呜，这个世界太无情了……

前阵子，我观看了这令人憋屈的《摩羯星一号》的试映。好像日本是全球首映。[1]

原来如此，故事确实不错——嘻嘻嘻，赞美这部电影，不就等于我在夸自己的科幻小说吗？

最近，虎头蛇尾、开场后一言难尽……的科幻片接连上映，就在我气得发昏的时候，《摩羯星一号》为我扫清了内心盘踞已久的郁闷。

这类故事可以称之为假事件（pseudo-event）[2]。它用到的设定在现实中极有可能发生。

---

[1] 该片在日本上映于 1977 年 12 月 10 日，在美国上映于 1978 年 6 月 2 日。
[2] 起源于美国历史学家丹尼尔·布尔斯廷（Daniel Boorstin）的著作《形象》（*The Images*），他将"假事件"界定为经过设计而刻意制造出来的新闻，并指出其具有人为策划、适合媒体报道等特征。

由于不能在本专栏剧透电影的内容,我就此打住——总之,相比起那些动辄就气氛诡异、未来人穿着潜水服的滑稽科幻片,这部还是有质量上的区别的。

岂止如此,里面还有惊心动魄的汽车追逐戏,也不乏家庭悲剧。

影片高潮有跟《007》一样的直升机动作戏,摄影技术令人拍案叫绝……而且,挽救局面的人是《侦探科杰克》(*Kojak*, 1973)中的特利·萨瓦拉斯(Telly Savalas),他饰演了衣衫褴褛的飞机驾驶员。

最后的反转也非常精彩。

这部科幻片的优点,在于外景几乎都是在NASA(美国航空航天局)拍摄的。剧组充分利用了NASA的旧仓库,呈现出了纸糊布景所没有的质感。

不过,NASA怎么就愿意协助这部电影的拍摄呢?毕竟在故事中,NASA企图搞一个与世界为敌的大事件啊。但我听说NASA似乎是在不清楚影片内容的情况下,把地方借给剧组拍摄的。这一点挺有美国风范,完全不同于日本的官僚行政体系——在经过层层盖章许可后,为了逃避责任,结果不允许拍摄了。

这部影片的导演,目前还没拍过什么知名的作品,然而场面调度非常老练,令人钦佩。

有意思的是,在非动作戏的普通场面中,他会突然插入其他的镜头,仅仅一秒钟就没了。我才反应过来,画面就结束了。

动画和电视电影中采用这种手法尚能理解,但大银幕电影里插入一秒不到的镜头实在很有意思。影片里处处可见,大家观看的时候可要留心呀。

1978年是科幻电影年,我很高兴第一部出场的就是它。

然而,我的科幻小说的命运就……

可恶!我真该在半年前写完发表的。

(*Apache* 第 11 期,1977 年 12 月 23 日号)

电影里的精灵

很久很久以前,在世界尚未被创造出来的时候,人类、精灵、鬼怪都生活在同一个世界中——改编自托尔金(J.R.R. Tolkien)原作的动画《指环王》(*The Lord of the Rings*,1978)讲述了这样一个故事。光看电影,会觉得里面的"精灵族"(elf)太像人类了,造型实在平淡无奇。影片描述了人类、精灵、鬼怪三者间的纠葛,可全是以活人为模特,拍摄真人影片后再转描成动画而已,所以当大家混在一起时,有点分不清谁是谁。在我们的想象中,精灵的影视形象应该更别出心裁、异想天开才对。

同时,我还观看了今夏上映的人偶动画电影《仲夏夜之梦》(*Sen noci svatojánské*,1959)。动画导演特恩卡(Jiří Trnka)[①]

---

① 伊日·特恩卡,捷克人偶动画的代表导演,被誉为捷克动画的奠基人,代表作有《手》《皇帝的夜莺》《好兵帅克》等。日本的人偶画大师川本喜八郎曾专赴捷克向他学习。

把家喻户晓的莎士比亚戏剧拍成了人偶电影，片中的人偶与雅典森林里绚烂绮丽的精灵世界浑然一体，梦幻又迷人。这与《指环王》形成了极端的对比，不过，我们想象中的精灵形象大概介于这两个极端之间，也就是似人非人的感觉。

说起精灵，我们首先联想到的或许是温柔、充满母性的类型吧。电影《青鸟》(The Blue Bird, 1940) 的光明精灵、《木偶奇遇记》(Pinochio, 1940) 的蓝仙女便是典型例子。这类母亲型的"女神"，通常是为了拯救、帮助、鼓励人类而出现。但另一方面，也有许多鬼马型的精灵，尽管她们爱管闲事，可别说帮忙了，简直是任性又不负责。《小飞侠》(Peter Pan, 1953) 里的小叮当 (Tinker Bell) 就是个中代表。在默片时代的《彼得潘》(Peter Pan, 1924) 中，康拉德·法伊特 (Conrad Veidt，我以为是他①) 扮演了海盗，该片中的小叮当可谓天下一绝。举手投足间充满了风情，让学生时代的我激动无比。小叮当本来就不会说话，默片的表演正好适合她。

在电影中我了解到，调皮捣蛋的哥布林 (Goblin，另译"地精")、爱尔兰②的小矮妖其实也属于精灵。相传小矮妖被人类捉到后，会告诉人类宝藏的位置——我在看影片《爱尔

---

① 实际上，该片的海盗虎克船长由欧内斯特·托伦斯 (Ernest Torrence) 饰演。——译注
② 原文为"スコットランド"(Scotland，苏格兰)，疑为作者笔误。小矮妖 (Leprechaun，日语为"小人レプリコーン") 是一身绿装的调皮生物，源自爱尔兰民间传说。

兰人的好运》（*The Luck of the Irish*，1948）时才头一次知道这个传说。电影把它改编为现代故事，片中还有个性派演员塞西尔·凯拉韦（Cecil Kellaway）登场。后来，迪士尼也在特效电影中用到了小矮妖，可最近，电影中几乎不见这些精灵的踪影了。在科幻怪物片面前，精灵们不得不黯然离场。

在《指环王》之前，拉尔夫·巴克希（Ralph Bakshi）制作了动画《魔界传奇》（*Wizards*，1977），主角之一是长得像哥布林的小矮人。他有一头乌黑的头发和一双吊梢眼，颇具东方气质。或许在白人眼中，东方人就有股精灵般的神秘气质。这种东方哥布林的形象，似乎深深烙在了好莱坞艺术家的心里，各种"骑士故事""英雄故事"的小说封面图上经常出现这类小精灵。

乔治·梅里爱既是电影的开拓者，也是特效电影的创始人，直至今天，他恐怕依然是拍摄了最多"精灵电影"的导演。而且，他电影中的精灵几乎都是背上插有翅膀的美女，穿得像芭蕾舞者，这说明截至目前，精灵的影视形象基本上没什么变化。连我们这些非基督教民族的人也把"小天使"般的精灵形象当作常识，恐怕这类形象中蕴含着某种人类共有的、与性相关的愿望吧。

（*Eureka*，1977年8月号）

电影的乐趣

就跟买书的时候一样，我看电影也有三种选择方式。

第一种，看自己感兴趣的电影，其中 B 级片占了多数，类型为喜剧片、恐怖片、西部片。

第二种，出于工作需要而不得不看的电影，多为纪录片、动物片、科幻片、动画片等。

第三种，尽管没什么兴趣，但是普遍评价高，不看就亏了的电影。

在第三种中，我几乎没遇到过违背预期、让我火冒三丈的电影。而出于兴趣、休闲目的去观看的电影，有七八成会辜负我的期待。即便如此，我依然没放弃 B 级、C 级片。

我家会收到各种试映会的邀请函，尽管心里觉得第三种电影非看不可，可我总是兴冲冲地跑去看个性鲜明的喜剧、狼人、恶魔怨灵的故事、三流歌舞片等试映，结果好电影的邀请函越来越少，最近 B 级快餐片反而更多。

我挤出宝贵的时间看电影，假如遇到了烂片，往往难掩内心的愤怒与挫折，通常会抱怨上两天，管他是杂志社还是助理，我都会乱骂一通，连工作都做不好了。

心急如焚的编辑称截稿日过去了三天，还有个负责盯梢的经纪人，我可是瞒着他们从工作室后门溜出去看电影的啊，要是看了部一言难尽的片子，浪费的岂止是时间。

不过，如果看到了让我想高声赞美的宝藏影片，那么内心的充实感将难以言表，我会自个儿跑去小酒馆举杯庆祝。

最近的《核子航母遇险记》（*The Final Countdown*，1980）便是如此。我本以为是部核动力航空母舰的宣传片，结果竟是科幻片。不过，这样的评价终归是主观的，即使与他人的评价完全相反，我也毫不在意。

我最烦的就是"我是这样觉得，你们也得一样"论调的影评。受这类影评的鼓动去看电影，结果大失所望的情况不知发生了几百次。

话虽如此，最近我也经常不要脸地出现在电影评论专栏中，其实都是一丘之貉啦。

前些日子，我有幸与《超人 2》（*Superman II*，1980）的导演①进行对谈。这位留下了《三个火枪手》（*The Three Musketeers*，1973）、《雷公弹》（*Juggernaut*，1974）等大作的人，和我一

---

① 《超人2》有两个版本，此处指公映版的导演理查德·莱斯特（Richard Lester）。

样曾立志成为医生。

"不过吧,就算当七年的脑外科医生,也无法成为专家。但是只要七天,谁都能成为电影导演。"

实际上,他是好莱坞拍片速度最快的导演,据说有的作品一周就拍完了。

哎,被迫看到这些速制的 B 级片,挑刺儿本身就挺无聊了。

(《读卖新闻西日本版晚报》,1981 年 8 月 12 日)

肆无忌惮

20世纪80年代的好莱坞、法国、澳大利亚等地,都出现了大量纯粹追求电影乐趣的导演。

娱乐也分很多种。譬如50年代的新浪潮和60年代的新好莱坞,可说实在的,它们大多主打理论,其中的主题思想要么不知所云,要么含糊其词。

可以看到,现在的年轻导演全然不把思想、哲学放在眼中,认为这种晦涩的东西无法吸引观众,应该将娱乐化,即好莱坞复古风格进行到底。

在画面上,他们模仿繁荣期导演的手法。不如说,是故意这样做。

这些人在希区柯克、霍克斯(Howard Hawks)、富勒(Samuel Fuller)及黑泽明的影响下长大,在模仿中快乐地拍电影。

不过,与纯粹的抄袭者相比,他们的不同在于节奏上的现代感。毕竟,舒适的节奏感正是电影的优点。我认为年轻创作者的新鲜感,便是新颖节奏带来的魅力。

要评价手冢真,我们得着眼于他那个性化的节奏感。虽然画面还透着稚嫩,有许多模仿现成儿电影的痕迹,但起码有节奏感。

这一点,可以从他把时间彻底花在了分镜①与剪辑上看出来。学生电影容易出现剪辑粗糙、切回(cut back)生硬的问题,但这些在他的影片中几乎没有,观众大可放心观看。

技术上的行云流水,从《瞬间》(MOMENT,1981)的歌舞场景中可见一斑。这是个好例子,说明利落的分镜与剪辑能使外行人的表演顺眼起来。

关于《鬼高校》(High-School-Terror,1979)的剪辑,能够看出其中许多技术都是以当代惊悚片(thriller)导演的作品为范本的,但他本人玩得特别开心,拍的时候一会儿兀自害怕,一会儿兴奋不已,这种幽默感很好。

在短片集《茶之子博士恐怖剧场》(1981)中,他的场面调度也充满了鬼屋般"要吓人"的天真感。

而且,该系列没有以往日本恐怖片里阴湿又可怕的感觉,洋里洋气的,看起来肆无忌惮,就这点而言,《茶之子博士恐怖剧场》算是部稀有作品。

---

① 原文为"コンテ",指分镜头电影剧本(源自continuity的缩写),导演详细指定了各场面的登场人物、场面构成、拍摄角度、镜头时长等信息的拍摄用剧本。

不过，将来成为职业导演后，一旦他失去了这份肆无忌惮的天真，恐怕会迅速沦为乏味的无能导演吧。接下来的五六年正是他成长的关键期。

（《蓝德古拉红德古拉》，北宋社，1983年10月15日发行）

反正就是杰作——《人猿星球》

在以猴子为主角这一点上,《人猿星球》就是部杰作。原本在美国,猴子鲜少在虚构世界中扮演正面角色。即使被拍成电影,也不过是猩猩男,《金刚》(*King Kong*,1933)算是极限了。东方有耳熟能详的《西游记》,这是一部关于猴子的名著,在美国被翻译为 *Monkey*,但似乎没多少人知道。

从逆主流而行、以猴子为主角的角度来看,《人猿星球》系列无疑是与众不同的作品。里面没有猿人和人猿,而是真真正正的猴子。就我的喜好而言,最喜欢的是第一部,其次是我喜欢的导演——J. 李·汤普森(J. Lee Thompson)拍摄的第四部,后者亦是趣味十足。

这一系列延续了多年,其间美国形势不断发生着剧烈的变化,有意思的是,各个时期的事件也渗入了每部作品中。在第一部《人猿星球》中,导演拍摄了猴子狩猎人类,把猎物(人类)吊起来的场景,还有猴子把人类制成标本的非人道（？）描写，简直跟在越南的美军残忍射杀越共一模一样，令人苦笑。

接下来的第二部《失陷猩球》(*Beneath the Planet of the Apes*, 1970)出现了猎奇的变异人，大猩猩们与之交战，但面对鹰派的大猩猩，和平主义的黑猩猩高举"停止战争"的口号，静坐示威，结果被宪兵（？）彻底镇压，这一幕也充满了讽刺，值得玩味。

第三部《逃离猩球》(*Escape from the Planet of the Apes*, 1971)描写了面对突然出现在现代社会的猴子，人类所表现出的疑神疑鬼；折射出冷酷的战争进入雪融期后，美国民众满心疑虑地迎来了共产世界的使节。

下面的第四部《猩球征服》(*Conquest of the Planet of the Apes*, 1972)，讲述了被人类奴役的猴子的奋起与报复。碰巧此时美国从越南败退，失去了权威。影片中让当过官员的黑人出场，成为唯一支持猴子的人类，这些场面也考虑到了黑人权力（black power）的问题。

最后的第五部《决战猩球》(*Battle for the Planet of the Apes*, 1973)中，电影圆满落幕，猴子与人类只能共存共荣下去。

而第五部的结尾又回到了第一部，这种环形结构实在聪明。尤其是第二部中像阿岩[①]一样的变异族，第五部中揭秘他

---

① 日本著名怪谈《四谷怪谈》中的女鬼，相貌可怖。——译注

们其实是人猴核战中的幸存者。假如每一部都是连续的作品，那这个结局确实相当精彩。

然而，查尔顿·赫斯顿（Charlton Heston）何时飞向了宇宙？他为何回到了猴子的世界？选择与人类共存的猴子，为何会蔑视人类，甚至狩猎人类？令人遗憾的是，这些问题之间还缺乏线索。

实不相瞒，第一部我是津津有味地看完了，并猜想应该会有续集。不过，在我想象的续集中，人类留下的忠实朋友——狗的后代将会登场，并与猴子展开对决。也就是说，忠于人类的狗成为正义的伙伴，为把可怜的人类从猴子的统治下解放出来，它们挺身而出。猴子的化装如此精致，就算之后有大量戴着狗头的演员出场，看起来应该也很严肃正经，而不是漫画般的感觉。我还想象片名大概会叫《人犬星球》。

可惜，电影光是描写猴子闯入人类社会后二者间的宿命纠缠便已用尽全力。但我依然不肯死心，期待着人猿系列结束后，续篇会是人犬星球系列。

不少电影中有把狼人等"犬族"推崇为主角的故事（虽说狼人的化装更接近黑猩猩）。

科幻作家西马克（Clifford Donald Simak）有部著名的作品叫《都市》（*City*，1952）。那是一部跨越数亿年的超长篇故事，讲述了人类灭绝后，狗当上了世界统治者。虽说猴子是最接近人类的动物，但狗、马、海豚也拥有不逊于猴子的头脑和理性。作为人类忠实部下的狗继承了人类文明，也没什么好奇怪的。

《人犬星球》之后，再拍一套《人鸟星球》也不错。美国现在有部成长小说①，主角是只叫乔纳森的海鸥。②海鸥乔纳森一生的心愿就是挑战极速，它从高空极速飞下，以刷新飞行速度的新纪录。畅销的原作基本会被拍成电影，这算是常识，以后或许会拍出一部由演员扮演海鸥乔纳森在天上飞来飞去的电影。

实际上，我也正在某杂志上连载一部科幻漫画，是关于人类灭绝后，鸟类统治天下的故事（《鸟人大系》）。这部作品讲的是，地球上突然变异出了会用火的鸟，鸟与人类之间的平衡被打破，人类变成了鸟的家畜。

当《人猿星球》《人犬星球》《人鸟星球》系列结束后，终于要拍全明星阵容的高潮篇了。桃子形的飞船中生出了一个婴儿（请回忆《2001太空漫游》的最后一幕吧），他其实是

---

① Bildungsroman，也译作"教育小说"，启蒙运动时期的德国产生的一种小说形式，以一位主人公（通常是年轻人）的成长、发展经历为主题。这位主人公以理想化的方式达到了当时人们对于一个受过教化者的期待。
② 指美国作家理查德·巴赫（Richard Bach）的著作《海鸥乔纳森》（*Jonathan Livingston Seagull*，1970，另译《天地一沙鸥》），1973年改编为同名电影，由真实鸟类出演。

超级人类的天赐之子,分别从猿星、犬星、鸟星上招来属下后,启程去征服恶魔人居住的恶魔星球——这个故事①怎么样?要是好莱坞不拍的话,著作权就归我喽。

(《决战猩球》场刊,1973年7月21日发行)

---

① 戏仿自日本著名民间传说《桃太郎》,该传说讲述了从桃子里诞生的桃太郎,用糯米团子收容了小猴子、小白狗和雄鸡后,一起前往鬼岛为民除害的故事。

关于"爱"的真诚故事——《泰山王子》

在片头字幕的朴素色调中,画面上出现了古典的英国贵族城堡。那是伯爵的大宅邸,他在苏格兰拥有广阔的领地。当画面浮现出"Greystoke"(格雷斯托克)①的字样时,恐怕大家都觉得意外,并疑惑:"啊,这不是泰山电影吗?"没错,这不是传统的泰山故事。

证据就是,"Tarzan"(泰山)一词在电影中一次都没用到。而且,珍妮变成了伯爵的贵妇侄女,我们熟悉的猎豹自然没有登场,亦没有大象、河马、长颈鹿、犀牛等大型非洲野兽(倒是出现过一次大象的干尸,但更像背景的一部分)。

期待泰山电影的各位,请少安毋躁。这同时也是一部以泰山为原作的正统电影。只是长期以来,我们把韦斯穆勒

---

① 该片原名为 *Greystoke: The Legend of Tarzan, Lord of the Apes*,上映于 1984 年,中文译名为《泰山王子》。泰山在人类世界的原名为约翰·克莱顿,其所属的克莱顿家族成员拥有的英国贵族头衔即"格雷斯托克伯爵"(Earl of Greystoke)。

（Johnny Weissmuller）出演的那部好莱坞闹剧[①]当成了真正的泰山。在埃德加·赖斯·巴勒斯（Edgar Rice Burroughs）的原作[②]中，尾声的确有股打打闹闹的味道。可原作的开头，比好莱坞版的泰山更有时代历史的气息，是一个古典故事。

休·赫德森（Hugh Hudson）通过调味，成功把泰山拍成了自己的电影。因此本片的主题、思想可以说是来自赫德森导演本身吧。

那么，他想在本片中描绘些什么？其中之一，大概是人类、动物、大自然之间交织的各种"爱"吧。影片中，因爱而导致的悲剧、喜剧接连发生。比如在非洲内陆死于非命的克莱顿夫妇间的爱情、痛失孩子的母猿卡拉（Kala）的悲伤。还有卡拉对人类孩童无私的母爱、老伯爵对孙子约翰的慈爱、养父银胡子（Silverbeard）的死亡、约翰与珍妮间炽热的爱情。以及在故事的最后，约翰奔向了深爱的非洲大自然的怀抱。它用淡然、朴素、真诚的风格讲述了电影所能描写的各种形式的爱，包括爱的美丽、悲伤与苦恼，充满了英国电影的韵味。

不过，影片最关键的主题还是自然与文明的冲突吧。就此而言，后面的英国部分比前面的丛林故事更为重要。据说

---

① 约翰尼·韦斯穆勒主演过多部泰山电影，如《人猿泰山》（*Tarzan the Ape Man*，1932）、《泰山得美》（*Tarzan and His Mate*，1934）等。

② 原作名为《人猿泰山》（*Tarzan of the Apes*，1912），已出版中文版。

赫德森导演也更喜欢后半部分。在后半部的结尾处,约翰呐喊道:"我是贵族,可我有一半是野性!"他对作为故乡的文明社会失望透顶,却被成规所缚,不得不保护领地、固守地位。面对这种进退两难的境地,他那声愤怒的呐喊道出了本片的一切。

假如这只是一部合家欢的野人冒险故事,那么在影片的开头,它应该会仔细描绘克莱顿夫妇去非洲时船只遇难的画面,也会大量加入俾格米人(Pygmies)①的残酷袭击、与豹子和毒蛇打斗的场景。而导演果断舍弃了这些累赘,细致地描绘了如下场景:德阿诺特大尉带着约翰来到村庄[这里的风格很像卡罗尔·里德(Carol Reed)的《海隅逐客》(*Outcast of the Islands*, 1951)],他们在廉价旅馆中遇到了一群形迹可疑的白人。导演这样做,仿佛在说明:展现"文明与自然的接点"、文明社会作为自然破坏者的阴暗面十分重要。

后面的高潮把这一点更明确地描绘了出来。大英博物馆动物标本厅开放的当天,导演用仰角镜头拍下了象征着大英帝国权威的博物馆,还配上了埃尔加(Edward Elgar)的《威风凛凛进行曲》第二号。展览的鸟儿们,鸟喙和爪子被肢解得七零八碎。而这些鸟兽,也许曾经是约翰在原野上的玩伴,看到惨不忍睹的标本后,约翰有种想吐的感觉。标本剥制室

---

① 生活于非洲和东南亚部分地区的土著民族,身材矮小。

中充满了死亡与不安的气息，里面还有未剥制完的猩猩尸体。并且，约翰凑巧看见自己的养父正被关在笼子里。此时约翰心中涌起的愤怒与悲哀，直接体现了赫德森导演的感受。另外，这个故事不仅讲述了十九世纪末的大英帝国，也在质问我们如今直面的现实——自然破坏和动物虐待。同时，亦是在怀疑人类文明的未来。

话说回来，这部电影的内容是多么高洁而雅致啊。我认为它的格局与蕴含的哲学足以同科幻电影《2001太空漫游》媲美。尽管如此，本片绝不是什么晦涩高蹈的电影，而是一部正儿八经的娱乐大作，就像马龙·白兰度（Marlon Brando）在《超人》中的露脸一样。

（《泰山王子》场刊，1984年7月14日发行）

科幻电影的鼻祖——《大都会》

战后,也不知是第几次科幻电影热潮,特效摄影技术呈现出了令人惊异的进步,最近规模宏大的未来故事和宇宙故事被相继制作出来。每到这时,"科幻电影的鼻祖是哪部?"都必定成为讨论话题,如果除去乔治·梅里爱的《月球旅行记》(*Le voyage dans la lune*,1902),以及《卡里加利博士的小屋》(*Das Cabinet des Dr. Caligari*,1919)、《诺斯费拉图》(*Nosferatu, eine Symphonie des Grauens*,1921)等怪奇幻想电影,《大都会》(*Metropolis*)[①]或许意外地算是科幻电影的原点。

这部于1926年首映[②]的德国电影是一部默片,出于发行公

[①] 手冢治虫创作过一部名为《大都会》(日文原名《メトロポリス》)的漫画,据该作日文单行本(育英出版,1949)中的解说,"有部二战前的德国同名电影《大都会》里也出现了人造人,但执笔时手冢没有看过这部电影,作品本身与电影完全没有关系。不过,据说(该漫画主角)米奇是参考了一张该电影中女性机器人诞生场景的剧照而构想出来的"。该漫画曾被改编为同名动画,上映于2001年。

[②] 该片于1926年制作完成,1927年于德国首映。

司的倒闭和重新剪辑的原因，原片已不复存在。作为传说中的著名电影，尽管名字为人熟识，却几乎没有一睹真容的机会。

电影完成后的第三年，即1929年（昭和四年）的4月3日，该片于日本的东京等六大都市一同上映，在东京的首轮影院，甚至火爆到延长上映了两个星期。从当时的影评来看，它也收获了一系列好评，如："丰富的演出调度，有节奏的场面设置，巧妙的布景设计，大胆的镜头角度，这完全是一部了不起的杰作"（田村幸彦先生语）；"简而言之，这部电影是弗罗因德（Karl Freund）的艺术，也是里陶（Günther Rittau）的艺术（两人都负责摄影①），正因如此，它才得以成为有二十一世纪感的电影。从这些方面来说，它足以称得上是一部空前的作品"（冈野茂先生语）。

然而，这些赞美之词全是围绕着调度和技术，关于故事的内容，即使在当时，似乎也受到了相当严厉的批判。资本家——特权阶级与劳动阶层靠爱凝聚在一起的结局，实在过于轻巧，不得不说是一个扣分点，让此前提出的各种问题都功亏一篑。这恐怕是原作小说的责任，身为执笔者兼导演弗里茨·朗（Fritz Lang）夫人的特亚·冯·哈堡（Thea von Harbou）笔力不行吧。此外在角色方面，除了一人分饰玛利亚和机器人两角的布丽吉特·赫尔姆（Brigitte Helm）拥有压倒性的演

---

① 该片还有第三位摄影师——沃尔特·鲁特曼（Walter Ruttmann）。

技，其余演员都没怎么给人留下印象，无法否认，这种情况也很不利于展现故事的魅力。想到如今的科幻电影，演员都不及特效摄影技术和怪物套装抢眼，有存在感越来越稀薄的趋势，也许就是因为《大都会》开了这个头儿吧。

不过，与主要演员的不尽如人意相反，群众，尤其是劳动者的优秀表现相当出色，甚至可以把这部电影称为群像剧。从地下工厂有现代芭蕾风格的表演开始，再到诸如聆听玛利亚演讲的劳动者、被机器人煽动的劳动者，尤其是广大群众陷入恐慌后，因他们表现出的激愤而程式化的表演，都充满了动人心弦的力量。自从地密尔（Cecil B. DeMille）的电影之后，几乎没再见过这样的群众处理方式了。虽然镜头不多，但无论是戏中戏巴别塔一幕中的群众，还是一个个乘上通往地面的大型电梯的暴徒，电影似乎都给出了细致的表演指示，使其充满了极富戏剧感的造型。

未来都市那规模宏大、气势逼人的设计，给后来的科幻电影带去了巨大的影响。令人惊讶的是，六十年前倾尽想象力所描绘出的二十一世纪，即使在现实中离二十一世纪只有十五年的现在观看，也不会感到太过时和不自然。而弗雷德森的客厅里，那台附带电传的视频电话尤其惊人，这无疑是当时还不知如何开发的文明利器。

在赫伯特·乔治·威尔斯担任原作、首映于昭和十一年（1936年）的未来电影《笃定发生》中，未来都市的场景明显受到了《大都会》的影响，而随后好莱坞制作的一系列科学怪人电影和疯狂科学家电影中出现的实验室，都可以看出是由《大都会》的机器人制造室变形而来。而最近的电影，例如《银翼杀手》（*Blade Runner*，1982）开头中的未来都市，仿佛在怀念《大都会》一般，有意识地统一成了古典的氛围。在动画《通烟囱工人与牧羊女》（*La Bergère et le Ramoneur*，1952）中，故事的设定就是在戏仿（parody）《大都会》。

比起上述那些，更为精彩的还要数机器人的造型。透着色情美感的女性机器人极富原创性，以至于到现在都没有出现能胜过它的角色。甚至《星球大战》的 C-3PO 也是在模仿这款机器人。而更叫人津津乐道的，是电影中的创意，即在机器人的骨架上覆盖人造皮肤，令其假扮成玛利亚。在故事的高潮，假的玛利亚受到火烧，人造皮肤被烧毁，露出了机器人的骨架。如果是一般的电影，只会给机器人的头部安装上玛利亚的脸，这里却用人造皮肤覆盖了整个身体，这一想法可谓相当现代（提一点私事，铁臂阿童木的脸也是在超合金骨骼上覆上了人造皮肤）。无论如何，火烧假的玛利亚之后，机器人真身暴露的一连串镜头，对六十年前的观众来说，无疑是一场十分震撼的科幻体验。

有个场面是玛利亚被科学家追赶，在一个类似地下骨灰存放处或修道院一样的地方四处逃窜。只有这里与前后充满了未来感的画面不同，有种阴森又古典的感觉。尽管它有地理关系模糊的缺点,但也不会让人产生不自然的生硬感。这一段中,玛利亚表情夸张,展现出了仿佛歌舞伎的优秀演技。实际上,原版中的这一段有大量的字幕镜头,只能断断续续地看到玛利亚,所以之前看原版时,我还没有如此强烈的感觉。但是去掉这些字幕镜头后,把画面连起来看,就会觉得她的演技非常老派。然而在默片时代,这样的表演十分寻常。

在《大都会》首映的翌年,世界上的首部有声片《爵士歌手》(*The Jazz Singer*,1927)制作完成,从此电影进入了有声时代。因此,《大都会》作为点缀默片时代尾声的力作,同时也面临着终将被普通观众遗忘的命运。

不过这一次,默片《大都会》被乔治·莫罗德(Giorgio Moroder)①添上了新的声音,并被重新剪辑得接近原版,或许可以把这当作新版《大都会》的诞生,而非默片《大都会》的复活。这部"有声版"充满了新的魅力,完全可以把它当作一部新的作品。每一首摇滚乐都与画面充分融合,让人错以为是一开始就插入进来的。另外,每一个场景都进行了适当的上色,这大概是通过电脑处理的,却营造出了耳目一新的华丽效果,足以使人忘记原版是一部黑白电影。

(《大都会》场刊,1985 年 1 月 18 日发行)

---

① 意大利著名作曲家、词作者和唱片制作人,被认为是欧洲迪斯科和电子舞曲的先驱。创作生涯中多次获得奥斯卡奖、金球奖和格莱美奖。

宇宙的人文主义讴歌——《第三类接触》

不管片名①如何正统，它都出现得过于随意，反而让人觉得内容充满了神秘感。"导演史蒂文·斯皮尔伯格（Steven Spielberg）"的文字消失在黑幕中，两秒、三秒过去……伴随着突如其来的一声巨响，画面砰地亮了起来。太棒了……这堪比当年大白鲨登场时的冲击，令人无比怀念的忽悠主义……那可是斯皮尔伯格式手法啊。观众席一片哗然。

画面中是一片位于墨西哥的荒芜高原……貌似技术人员的男人们东跑西蹿，几乎要被呼啸的沙暴刮走，黄色沙尘的尽头出现了卡车的车头灯，看起来像中心人物的男子登场了。他正是特吕弗导演……在斯皮尔伯格的邀请下，特吕弗特别客串本片，于是这位知名导演第一次在美国电影中登场。他扮演的角色是法国的UFO学者，真可谓仪表堂堂（说起来

---

① 该片原名为 *Close Encounters of the Third Kind*，上映于1977年，日文译名为《未知との遭遇》。

在字幕中他也是受到了特殊待遇的一块招牌……而且在画面里，他说的几乎全都是法语）。

一行人似乎正在为美国的项目组做调查。沙暴中隐约可见破败不堪的美军战机，棚屋的饮料店前有个可疑的老头……风声呼啸，仿佛要把这些镜头给遮起来似的，观众们早已沉浸在电影的世界里，屏息凝神地望着银幕，好奇接下来会发生些什么。

当然，鲜少有电影像本片一样贯彻保密主义，既没有公开故事、主题和演员，亦没有公开外景、布景摄影，总之就是不让任何人提前知道内容。

因此出现了流言满天飞的情况，诸如斯皮尔伯格导演为了拍外景，铲平了怀俄明州的一座山，本片害得哥伦比亚电影公司的老总差点儿被炒鱿鱼，高潮片段出现的外星人，是以现实中UFO外星人的目击者所绘制的速写为原型等。而且，这些流言还基本上都是真的。

新年将至的时候，我飞去了美国，然后在新年夜回到了日本。仅仅在洛杉矶停留了几天，就是为了看电影。我的目标有两个：《星球大战》和本片。虽然还附带有工作要做，但我这次出门真的只是为了这两部电影。事情的起因，是石上三登志[①]先生说自己年底要去夏威夷看这部电影。《星球大

[①] 石上三登志（1939—2012），日本广告导演、电影评论家。——译注

战》已经被伊藤典夫①先生、野田大元帅抢先看了，我完全没兴趣步他们的后尘，所以，这部《第三类接触》我一定要抢在所有人前面看到。尽管它即将在日本上映，可一旦开始痴迷科幻电影，人就会身不由己地开始搞起这种愚蠢的竞争。

观看的原因还有一个：我觉得它可能与我们今年制作的长篇史诗电影——《火鸟》（1978）的主题有相似之处。

影片没有辜负我的期待。与此前的科幻电影相比，《第三类接触》是一部个性鲜明的特殊作品。而且，这位年轻又犀利的导演，打破了我们迄今为止对科幻电影的印象。它不像其他任何一部科幻电影，我说的不是内容，而是叙事。关于科幻电影该如何叙事，导演为我们提供了一个全新的范本。

沙暴场景结束后，画面切换到印第安纳州某乡村的夜景，星空仿若触手可及。摄影机进入了一户人家。家中有个两三岁的小男孩正在酣睡，身边围绕着玩具，其中有一个敲钹的猴子玩具。宁静中只听见虫鸣声和鼾声。突然，猴子玩具开始"砰砰"地敲钹，模型汽车动了起来，迷你警车拉响了警报，电视机忽然亮起，洗衣机哐当哐当地开始震动。家中的电器全都乱了套！就跟通灵仪式中的物体飘浮现象一样令人毛骨悚然。

男孩醒来后从床上跳了下来，摇摇晃晃地走向厨房，玩

---

① 伊藤典夫（1942— ），日本翻译家、科幻研究家。——译注

具跟在他的身后。只见厨房里一片光芒，窥视厨房的男孩目瞪口呆，然后，他那能面①般的表情逐渐变成了微笑。男孩究竟看到了什么，画面并没有表现出来。而男孩精彩的表情，简直跟《驱魔人》中的小女孩一样恐怖。

影片后面小男孩会被UFO掳走，掳人场景的调度，就和大白鲨攻击渔船的冲击性画面一样。可以说，本片的前半段与《大白鲨》性质相同，属于恐怖故事。导演称："剩下的就只有UFO了。"但从"遭遇来历不明的对手"这一点上来看，UFO恐怕比大白鲨更贴近美国人的生活。特别是在不清楚对方是敌是友的情况下，这就更加恐怖了。

比如有一幕中，本片的另一位主角——电工罗伊［理查德·德赖弗斯（Richard Dreyfuss）饰］在开车时遭遇了UFO的袭击。车子的反光镜里可以看到罗伊的脸，车辆后方出现了疑似车头灯的光亮。罗伊不耐烦地做出手势，示意对方可以超车。然而，车头灯没有超过罗伊的车辆……而是突然飘了起来。观众都看得呆若木鸡。导演对车头灯的运用，与大白鲨登场时所用的手法一模一样。

接下来，车顶的UFO对罗伊做了什么呢……大家还是去看电影吧。总而言之，精彩的连续冲击正是这位导演的拿手好戏。

---

① 能面是日本传统戏剧艺术能剧所使用的面具。——译注

随着故事的发展，面对因 UFO 而陷入混乱的居民，当局不知为何选择隐瞒，采用了混淆视听的手段。比如在直升机上安装和 UFO 一模一样的光源，故意让它在居民头上飞来飞去；片中有一座叫魔鬼塔（Devils Tower）的山，上面建有 UFO 基地，在电影的后半段，当局称山上有毒气，令居民进行避难，可实际上，"毒气"是由飞机喷出来的……

当局为何如此拼命地隐瞒 UFO 呢……理由将在高潮中揭晓。在此之前，罗伊被妻子［特瑞·加尔（Teri Garr）饰］和儿女抛弃，还遇到了可怕的事情。结尾有个更出人意料的场景在等待着他，那正是气势逼人的圆盘飞船。本片的制作费为 1900 万美元，其中的几分之一就用来精心制作了这艘飞船。大林宣彦导演看过本片，感叹道："时长二十分钟的高潮片段，仿佛叫人看了一场盛大绝伦的烟花大会。"他说的完全没错。灯光与声音的壮观点缀以及飞船的形状，到底是谁设计出来的呢？据说它们是斯皮尔伯格梦中出现的形象（不过好像斯皮尔伯格没有见过圆盘）。如果真是这样，实在是独特至极。它给我的印象，如同把千手观音的手中法器、十二神将的武器给拼凑了起来，而且全是实物大小，绝不是微缩模型！

环球影业的宣传部部长路易斯·布莱恩（Louis Blaine）先生对我说："《星球大战》能让小孩到老人都看得津津有味，《第三类接触》则会让所有的成年人陷入沉思。"

我问《好莱坞报道》(*The Hollywood Reporter*)杂志的记者:"这两部科幻电影,哪部更胜一筹呢?"

对方回答:"《星球大战》的票房更好,但从电影的角度来看,当然是《第三类接触》更好啊。"

另外,听说这部电影确定能有 4000 万美元的票房。

关于斯皮尔伯格为什么要拍这部电影,今后恐怕会出现很多讨论吧。也有评论说这是一部宗教人文电影(平井和正[①]先生看到本片应该会特别高兴)。我的感想跟先前提到的"主题与《火鸟》相似"有关,大致如下:

从《决斗》(*Duel*,1971)到《大白鲨》,再到《第三类接触》,斯皮尔伯格想描绘的始终是人类的渺小、脆弱和可怜,与之相对地,他也在描绘对人类的信赖与同情。他采用了对人类冷处理的手法,让观众从客观的角度去反思、重新评价。这种客观的角度便是卡车、鲨鱼以及外星人。这样的手法和《飞向太空》中的大海是一个意思。另外,在对人类冷眼旁观这一点上,《火鸟》也是一样。

不过,在《决斗》的结尾处由于无止境的自我厌恶而一蹶不振的主角,在《横冲直撞大逃亡》(*The Sugarland Express*,1973)里勉强得到了围观群众的同情,《大白鲨》中的主角则抓到了自信与希望,而《第三类接触》与其说是对人类的赞

---

① 平井和正(1938—2015),日本小说家、科幻作家、漫画原作者、编剧。作品有《狼之纹章》等狼人系列及魔幻大战系列等。——译注

歌，不如说是宇宙级别的人文主义讴歌，由此来看，或许可以说斯皮尔伯格已经得出了应有的结论。

假如有人批评影片的结尾太过天真，我认为原因是结尾输给了影片其他场景给人留下的浓烈印象，例如立体电影般的"烟花表演"和飞船的画面、音响（来、咪、哆、哆、嗦五个音构成了与外星人交流的声音）。这是斯皮尔伯格的失算（他本身是迪士尼的影迷，而且美国人表现宗教偶像时，通常喜欢用彩色玻璃那种廉价的东西），他想在结尾强调的主题或许也因此而弱化。

结尾部分，飞船的舱门打开，外星人在光芒中朦胧现身，他们缓缓地张开双臂向人类打招呼，我感觉这个镜头里包含了斯皮尔伯格想说的全部东西，它深深打动了我的心，而且和乔治·帕尔（George Pal）的名作——《世界大战》①结尾中的外星人完全相反。一想到这两部电影相隔了二十年的岁月，我就特别感动。

(《科幻杂志》，1978年3月号)

---

① 乔治·帕尔是1953年版《世界大战》的制片人。斯皮尔伯格后来翻拍过此版《世界大战》，片名译为《世界之战》(*War of the Worlds*，2005)。

典型的好莱坞电影——《超人》

一

超人算是铁臂阿童木的爷爷。

因为阿童木的诞生,受到了漫画《大力鼠》(*Mighty Mouse*)主角的影响。

这部《大力鼠》于昭和二十年(1945年)由纽约特里通(Terrytoons)工作室①制作成了动画。如标题所言,这是一只超级老鼠②。当老鼠们在猫的威胁下陷入危机时,超级老鼠便会飞出来,三下五除二地把猫收拾掉。昭和二十年左右,正值第一次超人热潮,保罗·特里(Paul Terry)机智地戏仿了

---

① 美国动画工作室,由保罗·特里、弗兰克·莫泽和约瑟夫·科夫曼联合创立,活跃时间为1929年到1972年。
② 漫画《大力鼠》的主角是一只身穿紧身衣和披风的老鼠,最初被称为超级老鼠(SuperMouse),于1944年更名为大力鼠(MightyMouse),之后被动画化。

超人。

所以阿童木的爸爸是大力鼠，大力鼠的爸爸则是超人。

之所以在《阿童木》连载的时候，扉页标题上会有MIGHTY ATOM（大力阿童木）的字样，也是出于这个原因。

阿童木与大力鼠的飞翔造型十分相似，都是把一只拳头伸出去，另一只收在腰间……

那么超人呢？

至少电视版的《超人》[①]采用了把双手伸向前方的"潜水姿势"。这样的确能减少风的阻力，但中规中矩的，没什么意思。

不过，这次克里斯托弗·里夫（Christopher Reeve）的新版超人[②]摆出了各种造型，仿佛在招揽观客似的。当然，其中也有阿童木款式的，他甚至在飞行过程中变换姿势，转了一个圈，大概是考虑到了观众吧。且令所有人惊讶的是，他起飞时都不用助跳，一下子就飘起来了，连声音都没有。我尝试解释了一下其中的缘由，这个放到后面再说。

飞行上的区别不仅在于造型。电视版的摄影机总是从地面或第三者的视角去描绘翱翔天际的超人，都让人怀疑那是鸟还是喷气式飞机。可是此次的新版中，摄影机也随着超人

---

① 此处可能指乔治·里弗斯（George Reeves）主演的《超人的冒险》（*Adventures of Superman*，1952—1958）。
② 里夫主演的《超人》（*Superman*）上映于 1978 年。

一起飞翔。超人俯瞰下方的时候，摄影机也拍摄下方；镜头穿过云层后，还有鸟儿从眼前飞过——如此讲究的拍摄方式，是在告诉观众：你也在飞翔。这是一部名副其实的飞翔电影。

在影片的高潮，超人去追失控的导弹，不惜把脑袋伸进了喷射口！背景的超速移动摄影自然是用低速摄影[①]进行处理的，可摄影机的视线一直紧紧跟随着超人，充满了冲击感。

总而言之，本片的镜头特别凌厉。尽管特殊摄影已经不算什么了，但它能靠 0.5 到 1 秒的回切让观众手心冒汗，甚至都来不及思考画面是如何拍摄的。

而且片中有很多地方采用了三重合成。当超人从露易丝·莱恩的阁楼房间起飞时，布景下一秒就变成了微缩模型，接着又变回实景。而超人也从人偶变成人类，从人类变成人偶，就像变魔术一样。

另外，还有例如超人以 90°角垂直站在大厦外壁上的场景——这是在地上搭了个外壁布景，然后让演员站在上面，用摄影机横着拍摄出来的。超人沿着大厦急速飞升、降落的场景大概也采用了同样的方法。露易丝·莱恩从直升机上掉下来的片段，其实是各种手法的集成。这是剪辑技术的胜利。

说到影片那震撼人心的片头字幕，则是用电脑处理而成

---

① 低速摄影，指以较低帧率拍下影像，然后用正常或较快速率播放画面的摄影技术，放映画面中的物体运动或变化可以比实际拍摄时快上许多。

的动画。不知大家还记得吗？《星球大战》中韩·索罗驾驶飞船从光速恢复到正常速度时，星星飞速闪过又骤然静止的场景，那也是同样的动画手法。不过，恐怕没有一部电影能像《超人》这般豪华，在字幕中加入大量合成动画，而且，这恐怕是目前最长的片头字幕了。

电影从氪星的场景开始，整个画面似乎笼罩着一层薄纱，柔和如隔着雾气的风景。在观看了许多遍之后，我才明白为何要故意处理成这样。因为这里是天堂，云层上面的世界，而氪星人其实是一群神仙。照这样解释，后面的种种不合理也就能够理解了。

也就是说，从氪星送去地球，即被送入凡间的卡尔艾尔／克拉克·肯特①是上帝之子，即天使。此前被氪星流放的恶棍佐德将军，则是被天堂赶出来的路西法，即恶魔。

超人时常仰望天空，聆听身在氪星的父亲的声音……这或许是在聆听神谕吧。

既然超人是天使，那么他拥有什么样的超能力都不足为奇。譬如，最后有个逆转地球的片段，就算是超人也太……虽然想这样吐槽，但如果是天使的话，那点奇迹恐怕是小菜一碟。

又譬如，我非常喜欢超人与露易丝·莱恩携手翱翔天空

---

① 分别是超人的氪星名（Kal-El）和地球名（Clark Kent）。

的场景，可从理论上讲，光是手牵手，人类女性是不可能飘起来的。假如解释成超人有一股仙气，这种力量让露易丝·莱恩也飘了起来，就完全说得通了。还有前面提到的起飞方式，超人不像阿童木一样猛地起飞，而是轻轻飘起来，这点简直跟天使一模一样嘛。

也就是说，本片虽然披着科幻外衣，但绝不算科幻电影，而应该说是奇幻电影。即便让博伟影业（迪士尼）① 来制作《超人》，肯定也还是这个样子。这就是一部温情柔软的豪华爆米花电影。如果不是以这种心态看电影，有些人可能从开头就开始批评了。就跟《上错天堂投错胎》(*Heaven Can Wait*, 1978)、《噢，上帝!》(*Oh, God!*, 1977) 等影片一样，它是个充满幻梦的童话故事。

说起来，昭和二十年（1945 年）的时候，美国电影还挺流行这类童话故事。本次的《超人》正是一部象征着美国老电影元素复活的代表作。

在这层意义上，本片最优秀的场景要数克拉克·肯特度过了少年时代的农村画面。这里脱离了科幻、华丽的元素，描绘了昔日的美国，恐怕能让美国人体会到几欲落泪的乡愁吧。无论是扮演肯特夫妇的格伦·福特（Glenn Ford）他们［背景音乐听着很像《暴力教室》(*The Classroom of Terror*, 1976)

---

① Buena Vista Pictures，迪士尼公司旗下发行影片的公司，成立于 1953 年。

主题曲的戏仿版，但不知为何没什么观众笑]，还是一望无际的麦田、古色苍然的农家氛围，都特别出色。多亏了这些场面，影片的档次一下子提高了。这应该是导演理查德·唐纳（Richard Donner）的功劳吧。

相比之下，后半段吉恩·哈克曼（Gene Hackman）出场的部分充满了滑稽感，受到许多人的指摘，档次也降低了不少。毕竟，把反派喜剧化是一种失败。就算是以漫画、剧画①为原作的日本电影，也很少成功地把原作的氛围照搬进影片。说到底，漫画与电影的乐趣在性质上有着根本的不同（很可惜，《火鸟》就是个典型例子）。

话虽如此，在超豪华特效与金钱的力量下，后半段的缺陷看了也没什么损失。以下不过是个奢侈的忠告：《超人》与《星球大战》相去甚远，它无疑只是一部投入了大量资金的超级电影。

（《银幕》，1979 年 8 月号）

二

观看了去年上映的《超人》第一部后，我明确感受到了美国漫画一辈的怀旧之情，同时也觉得《超人》确实是合适

---

① 剧画的画风比主流漫画更写实，故事更大胆，叙事也更为严肃。——译注

的漫画素材。然而，它的前半段充满了气势磅礴的科幻大片氛围，还有一点点文学气息。假如没有马龙·白兰度的登场，它可能就是一部轻量级影片，但片中不同的氛围依然得到了统一。

也就是说，影片给人的感觉像吃过全熟牛排之后，又端上了一份法式烤舌鲷。不，这个形容有些过分。《超人》的原作就是大众料理，我认为电影版《超人》必须是加满了芥末的热狗才行。因此，我特别喜欢前半段后一部分的那些热闹的动作戏。结尾中，超人把卢瑟关进监狱后飞上了夜空，假如这是《铁臂阿童木》的话，就该"噔噔噔噔"地放起主题曲了。

在这层意义上，《超人2》全片都是这种感觉。导演从理查德·唐纳变成了理查德·莱斯特，我有点好奇这是怎么回事。①毕竟这两三年间，莱斯特导演没什么出彩的作品。但他不愧为美国漫画的超级粉丝，毫无掩饰地展现了漫画式的乐趣！恐怕核心制作人员，尤其是萨尔金德（Ilya Salkind）对第一部进行了深刻的反省吧。第二部成功把漫画的荒唐无稽与轻松愉快融入了电影，并且贯彻到底。没有马龙·白兰度露

---

① 《超人2》先由理查德·唐纳执导拍摄了较多部分，但他因某些原因与华纳的制片人产生矛盾而被解雇，制片公司另找理查德·莱斯特进行部分片段的重拍和补拍，最终1980年公映版的导演署名只有莱斯特一人。此片另有唐纳的导演剪辑版，上映于2006年。

脸也挺好的。[①] 看到片尾字幕中吉恩·哈克曼（Gene Hackman）的名字出现在最顶部，我都不禁松了口气，向反派卢瑟先生表示祝贺。

那么，与其他漫画改编电影，比如《飞侠哥顿》（*Flash Gordon*，1980）相比，《超人2》有哪些异曲同工之处及不同的地方呢？我想，那大概便是超人与露易丝·莱恩之间贯穿全片的感情戏吧。在小儿科动作戏的点缀间，这两人的爱情故事很值得成年观众一看。我不是指片中既有蜜月酒店的戏份，也有充满少女心的床戏，而是指里面好莱坞爱情片的老套路：一个男人为了心爱的女人放弃了工作和目标，女人认为这是一种失败，于是为了对方选择离开。超人男性最后真的会与地球女性开始同居生活吗？——我们甚至忘了这种无聊的担忧，焦急不安地观望着这个正统的爱情故事。第一部中超人为拯救露易丝不惜逆转地球，而第二部中没有了这类荒唐的构思。为了与露易丝结合在一起，超人沦落为没有能力的平凡男子，还被小混混儿揍得口吐鲜血。超人茫然地呢喃着"是血……"的一幕，堪称全片最精彩的地方。仅仅为了一个女人，完美无缺的男人坠入了底层，失去了荣誉与力量，最终才觉察到自己的愚蠢，遂发出呻吟……这种愁闷的

---

① 饰演超人氪星父亲的马龙·白兰度因《超人》系列的票房分成问题与制片公司华纳打官司，故《超人2》的公映版删去了他的戏份。在2006年的唐纳导演剪辑版中可以看到白兰度被删掉的戏份。

感觉令人倍感亲切。

影片中用到的另一个好莱坞电影套路,是特伦斯·斯坦普(Terence Stamp)扮演的佐德将军等三位反派像极了西部片里的坏蛋,全是一副浑身漆黑的恶棍打扮。他们占领卡纳维拉尔角的场景,简直跟无赖杀手突然出现在西部小镇,用枪杆子控制了城镇的套路一模一样。所以说,本片岂止是漫画改编片啊,它甚至从头温习了一遍往年好莱坞电影的套路,真是一部充满怀旧感的戏仿作品。本片的成功之处,正在于英国人理查德·莱斯特彻底变成了一位好莱坞影人。

(《电影旬报》,1981年4月下旬号)

三

看完《超人2》之后,我简直开心得不得了,深感"这才是令人怀念的美好时代的好莱坞电影套路啊!"。

譬如最后一段中,混混儿与克拉克·肯特在快餐店里的打架——虽然更像肯特单方面的反击——就看起来酣畅淋漓。而前面与混混儿的纠纷,是在剧情中段以小插曲的形式来讲述的,当时肯特失去了超能力,沦落为普通的人类。因为只是一段小小的插曲,在进入大战三名外星人的主线前,超人被混混儿打垮的情节虽令人不爽,但随即便会被观众抛诸脑后。而影片则细心地在结尾回收了这个事件。

本片分为三段：第一段是超人赶走外星人的故事，第二段是露易丝·莱恩如何忘记超人与克拉克·肯特为同一人的故事，然后，第三段是回击混混儿的故事，每一段都不紧不慢地朝着结尾连接起来。并且，故事逐渐从地球规模的事件变成了身边的事件，最后以轻松愉快的小小回击收场。上一部中甚至出现了逆转地球的超能力，让人觉得影片像在吹牛皮中结束了似的，可这一次的结尾却非常细腻，仿佛把包袱裹好后还细心地打了个结。

"令人怀念的好莱坞电影套路"便是指这样的收尾方式。如果您常看美国电影，应该知道任何事件结束后，结尾肯定会有一点主角的小插曲。这是战前好莱坞电影的套路之一。无论是动作片、西部片、温情片还是喜剧片，都会来一点滑稽片段，通过主角身上的事件在结尾加上诙谐有趣的轻松情节，令观众们舒一口气，开开心心地离开影院。

然而在战后，特别是新好莱坞电影兴起之后，这种类型在美国电影中骤然减少。原因之一，是为了强调电影的主题，戛然而止的结尾、故意打断故事的结尾越来越多。而《超人2》的结尾却能使人笑逐颜开，暂时忘却可恶的佐德将军一伙、荒凉的都会街道、身处北极的精明卢瑟等忧患。

同时，本片比前作更明显地表现出了爱情电影的性质，且故事中包含了爱情电影的全部要素：恋爱的喜悦、慌张、猜疑、痛苦以及分离的酸甜。前作中，超人与露易丝·莱恩尝试从阁楼飞往夜空约会，而这次不仅从巴黎的埃菲尔铁塔飞到了尼亚加拉瀑布，还有在超人家的床戏，甚至蜜月酒店的戏份，可以说是加入了不少与露易丝约会的场景。

在前作中，一些女影迷认为克里斯托弗·里夫的健美肌肉有些恶心，但在本片里，她们无疑会为两人的感情发展而揪心不已，彻底成为里夫的俘虏。

顺便一提，原作中超人最终与露易丝结合，还结了婚。大家或许会感到惊讶，可原作者的确在1942年让两人结了婚。不过，这是个梦幻结局。他们在1978年又结了一次婚，但在设定中，这位超人是其他平行世界中的超人。

奇怪的是，创作出《超人》这部地道好莱坞电影的制作者，居然全是欧洲的电影人，包括制片人、导演、总监等。与《星球大战》等一系列科幻动作片相比，我们可以从中窥见别具一格的沉稳与优雅，可能也是基于这一原因吧。

诞生于1938年的超人，后来成了全球超人风格漫画的鼻祖，即披风飘扬、翱翔天空的角色类型的鼻祖。甚至还出现了超级老鼠，也就是《大力鼠》。我的《铁臂阿童木》的灵感便来自这部《大力鼠》，因此超人相当于阿童木的"爷爷"。

话说回来，最近把漫画主角拍成电影的例子越来越多了。最早由《人猿泰山》、《巴克·罗杰斯》（*Buck Rogers*，1939）（原作者都是巴勒斯）开头，战后自《勃朗黛》（*Blondie*，1938）

出现以来,《蝙蝠侠》(*Batman*, 1943)、《神奇蜘蛛侠》(*The Amazing Spider-Man*, 1977)、《神奇女侠》(*Wonder Woman*, 1975)、《飞侠哥顿》、《绿巨人》(*The Incredible Hulk*, 1978)等作品令人应接不暇,甚至还出现了《大力水手》(*Popeye*, 1980),说明这类作品能带来不少甜头。日本也是如此。有些影片会插入波普艺术(Pop Art)风格的镜头,有些则努力还原漫画。可《超人》与它们相反,是一部脱离了漫画的精彩大作,而这正体现了制作人员的眼光。

(《超人2》场刊,1981年6月27日发行)

《超人》的小说化

由电影改编而来的小说,在欧美可能并不稀奇。如阿瑟·克拉克的著名小说《2001太空漫游》显然是以库布里克的影片框架为基础,虽然小说与电影同时策划,但宣传中强调的是:如果事前阅读本书,将有助于理解影片中的晦涩之处。电影若想强调画面上的新奇性,那么故事上的乐趣就只能交给小说了,在某种程度上,这部电影可以说是比较成功的。

同样作为画面表现媒介,漫画不得不跟小说一样采取出版的形式。我发现有意思的是,当原书是连环画或卡通的时候,也有不少"电影当中介者"的例子。也就是说,原作先被拍成电影,然后作为宣传活动的一环,电影大多又被改编成小说。譬如电影《白日梦想家》(*The Secret Life of Walter Mitty*,1947),它改编自瑟伯(James Thurber)刊登于《纽约客》的作品,后来又以电影为基础出版了书籍。而说到连环画,《人猿泰山》就是个好例子。《巴克·罗杰斯》、《太空英雌芭芭丽娜》(*Barbarella*, 1968)等影片也是一样。在迪士尼作品中，原作→电影→绘本→青春小说的流程几乎已成惯例。在日本，那些有原作者的漫画，往往由作者本人担任小说作者或编剧，这一模式运作起来相对更容易。问题是，从原则上来讲，小说与漫画之间的表现技术存在着本质的差别，而且，小说本身能否给人带来惊奇感也是个关键。

来说说《超人》吧。众所周知，这部相当于全体超人鼻祖的漫画诞生于1936年，1938年开始在漫画杂志《动作漫画》(*Action Comics*)的创刊号上连载，转眼便在全美掀起了热潮。

创作出这一独特角色的，是住在克利夫兰的两位少年，名字叫杰瑞·西格尔(Jerry Siegel)和乔·舒斯特(Joe Shuster)。据说由于出版社买断了两人的创意，即使后来掀起了超人热潮，他们也没得到过一点好处。不过，最近著作权的确立和对其功绩的评价，为已经年迈的两人带去了丰厚的收入（如电影的原作费、出版报酬等），真是可喜可贺。

《超人》开始成为独立的漫画杂志时，时间正值二战爆发前的1939年夏天（当时美国也迎来了科幻热潮，举办了第一届科幻大会），在美国国策和国民斗志昂扬的情绪中，这位英雄似乎以别样的意义崭露头角。接着它被做成了广播剧，还被弗莱舍兄弟(Fleischer brothers)拍成了动画，不难想象，是这些媒体把读者的狂热支持扩大开来。然而，他终归是为了美国而活跃的爱国英雄，超人名扬海外已经是战后的事儿了，美军带去前线的十美分漫画或许起到了意外的宣传作用。

《超人》在战后瞬间名扬世界的巨大原因，恐怕是乔治·里弗斯主演的电视电影系列吧。内容基本沿袭惩恶扬善的老套路，但依旧获得了压倒性的人气，这无疑是因为它的魅力：将飞天等各种超能力表现得比漫画更加真实。而且，与其他的科幻英雄故事不同，《超人》的背景设定在现代（大都会有纽约、洛杉矶的影子），这种真实感缓解了观众的抵触情绪。

但是超人过于强大，过于正义。他的所到之处没有敌人（虽然氪石是超人的弱点，但最后他肯定会克服的），说话的语气十分克制，严肃又教条。越南战争、政治贪污、种族歧视等问题给美国蒙上了一层阴影，单凭这位神一样的英雄根本无能为力，而这一事实使得读者远离了《超人》。和超人异曲同工的超级英雄们正接连过气，反而蜘蛛侠类型的英雄开始盛行——他们有人类的弱点，力量存在着限度。于是，超人也被迫改变体质。这十年间，《超人》漫画的内容、主题的困境正慢慢发生着变化。这位孤独的英雄呻吟着、烦恼着，挫折累累，一次又一次地想放弃目标，连敌人都被强行改变了性质。

《超人》的小说化是在其掀起第一次热潮的1942年，由乔治·鲁泽（George Lowther）操刀，而本次的新作，明显是趁着萨尔金德版电影的热潮制作的。据说随着电影的系列化，还会推出好几本这一系列的小说。

小说的内容和电影完全不同，但里面有超人的少年时代、超人与莱克斯·卢瑟的交集、卢瑟颇有人情味的一面等。只在电视、电影中接触过《超人》的读者，大概会对这些有趣奇特的描写颇感兴趣吧。另外，超人的养父乔纳森·肯特猝死于心脏病发作，但论及超人与亲生父母的离别方式，还是这部小说更为准确。小说中还出现了名叫"绿灯侠"的特殊组织，如果是熟悉漫画的人，应该会对这个名字感到怀念吧。

除此之外，小说中也出现了贯穿故事的重要角色——爱因斯坦博士。这个创意简直出人意料，为这部破天荒的宇宙大戏增添了一丝真实感。他的性格设定也非常有意思，使人了解到美国人究竟有多么敬爱这位伟人，十分有趣。

另外，华纳出版社已经推出一本大型书籍叫《超人大百科》(*The Great Superman Book*，1978年10月初版)，里面介绍了超人的每一个细致项目。本书的编者是曾编纂过《大英百科全书》的迈克尔·L.弗莱舍（Michael L. Fleisher），但《超人大百科》的作者介绍栏里似乎写着："克拉克·肯特，美国记者，也是著名的超人。"

(《原作超人》[①]，讲谈社，1979年6月12日发行)

[①] 本书英文版原名为 *Superman: Last Son of Krypton*（《超人：氪星最后之子》），初版于1978年，作者为 Elliot S. Maggin，由手冢治虫翻译为日文版《原作スーパーマン》。

正统英国悬疑电影的复活——《雨天下的迎神会》

约瑟夫·阿瑟·兰克的作品代表了英国电影的一种风格传统。在战后引进日本的诸多作品中，这种风味或特点是它们从一开始就共有的性质。这项要素，也使得英国电影的优点能够与战前的法国电影、德国电影、战后的意大利新现实主义电影相提并论，同时也扎根于观众的心底。

当时的英国电影，给我的感觉就如同伦敦浓雾弥漫的街道。

《远大前程》(*The Great Expectations*，1946)、《雾都孤儿》(*Oliver Twist*，1948)、《虎胆忠魂》(*Odd Man Out*，1947)等影片始终充斥着黑暗与沉闷，每一部都散发出强烈的个性，使人联想到古斯塔夫·多雷（Paul Gustave Doré）[①]的画作。迪维维耶（Julien Duvivier）导演的一连串悲剧电影、知名演员路

[①] 19世纪法国著名版画家、雕刻家和插画家，曾为多部世界名著画，作品充实饱满、层次分明、质感强烈。——译注

易·茹韦（Louis Jouvet）出演的《犯罪河岸》(*Quai des Orfèvres*, 1947）等法国电影也同样是黑暗的基调，但英国电影与其有着显著的不同，前者着重的是严肃且严谨异常的现实主义。无论是《正午前七天》(*Seven Days to Noon*, 1950）、《夸特马斯实验》(*The Quatermass Xperiment*, 1955）这样的科幻片，由戏剧改编的《王子复仇记》(*Hamlet*, 1948），还是《南极的司考特》(*Scott of the Antarctic*, 1950）这类半纪实电影，现实主义都贯穿其中，其描绘之严谨充分体现了英国人的气质。希区柯克的《蝴蝶梦》(*Rebecca*, 1940）、《深闺疑云》(*Suspicion*, 1941）[①]等影片，也散发出他无法抹尽的英国电影时代的风格，对影迷来说，这无疑是他的魅力所在。

而这种传统特质之所以开始发生变化，我认为与披头士的利物浦音乐风格不无关系。这种超现代的音乐风格，把英国文化中保守的部分全部冲刷干净了。他们掀起的嬉皮艺术与流行艺术的革命，甚至可能改变了本国的电影观众层。同时对我来说，这也意味着曾经魅力四射的英国电影消亡了。说起现在的英国电影，年轻人恐怕只能想到以007为代表的时髦动作片、汉默公司（Hammer Film Productions）的恐怖片，再就是萨尔金德的亲子传记片吧。而且，在詹姆斯·梅森、理查德·伯顿（Richard Burton）、劳伦斯·奥利弗（Laurence Kerr

---

① 这两部电影是英国导演希区柯克赴美后在好莱坞拍摄的作品。

Olivier）都成了好莱坞老明星的今天，不得不说，已很难列举出这类有英国特质的男星了。

在奥利弗·里德（Oliver Reed）、迈克尔·凯恩（Michael Caine）等朴素珍贵的个性派演员中，理查德·阿滕伯勒（Richard Attenborough）拥有出类拔萃的演技，最近他也以导演的身份活跃。且不论影片的内容，不得不说，他的作品组织方式有点怪异。无论是《多可爱的战争》（*Oh, What a Lovely War*，1969）还是《遥远的桥》（*A Bridge Too Far*，1977），不同于他激情洋溢的叙事方式，当面对问题时，这些影片总给人一种置身事外、冷眼旁观或者说漠不关心的感觉，我认为这样会给全情投入的观众泼上一盆冷水，而吸引观众投入观影偏偏又是最重要的。

不过身为演员，他个性超群。没有一位明星能像他一样"不动声色"。因此，电影必须另行安插一个与他形成对比的好动主角。只要搭配成功，阿滕伯勒的本领就能立刻绽放光彩。《大逃亡》（*The Great Escape*，1963）、《圣保罗炮艇》（*The Sand Pebbles*，1966）中的史蒂夫·麦奎因（Steve McQueen）上蹿下跳，《凤凰劫》（*The Flight of the Phoenix*，1965）中的詹姆斯·斯图尔特（James Stewart）大吼大叫却又徘徊不定。然而，在这些主角光环的影子下，阿滕伯勒的演技令人大开眼界，那仿佛在惊慌求救、忍无可忍的表情实在精彩。直到现在，我都能从他身上感受到英国老片那种不动声色的惊悚感。

这部由阿滕伯勒主演的《雨天下的迎神会》(*Seance on a Wet Afternoon*, 1964)自然展现了他原汁原味的个性。在本片中,说他多面表现了惊人的"不动声色"是完全属实的。不仅如此,故事的发展和每一个画面都为他量身打造,好让他呈现出最精彩的表演。

此次与他对戏的"好动主角"是百老汇的著名演员金·斯坦利(Kim Stanley)。我是第一次欣赏她的演技,她上半身的表现洋溢着激情,呈现出了舞台剧般的表演。当然,阿滕伯勒也是舞台剧演员出身,两人之间激烈的对手戏充满了舞台剧的味道。影片中,被动的戏份基本属于阿滕伯勒,镜头每次都会给他的表情来一个大特写,他则表演起自己拿手的苦闷神情。明明很少有夸张的表情,却表现出了角色比尔·萨维奇的所有性格与经历。摄影机不只聚焦于他,还一丝不苟地描绘了风景与室内样貌,很有英国时代的希区柯克的味道。不过,在地铁通道里交付赎金的场景非常突兀,完全像是在服务观众。开头和结尾只是很平淡地呈现出了烛光点点的降灵室内景,如同阿滕伯勒的个性一般给人留下了落寞的印象,这一点也很有意思。

在故事中,萨维奇夫妇靠做通灵仪式来维持生计,两人的家竟是一座豪华古宅①。比尔对妻子言听计从,但这对收入

---

① 片中女主角迈拉·萨维奇提到豪宅住所是母亲留给自己的遗产。

看起来并不高的夫妇把人质女孩藏起来，住在大到连女孩声音都听不见的宅邸里——这个设定是另一处我不太理解的地方。人质女孩所属的克莱顿家似乎相当富裕，但她家的客厅和萨维奇家客厅的豪华程度不相上下，在我这个外行人看来，实在难以比较。不过，迈拉·萨维奇制订计划也不是为了赎金，所以，没有生活困难的夫妇勒索富豪也没什么奇怪的。只不过，对于旁观者来说，迈拉的真正目的并不清楚，可是丈夫却唯唯诺诺地参与了计划，这让人有点匪夷所思。除此之外，人质女孩阿曼达被绑架的经过、由于警察的搜查而转移地点的过程，都被镜头细致地刻画了出来，让人觉得这才是正宗的英国悬疑片。相比之下，寻找女儿的克莱顿夫妇，尤其是夫人的悲伤情绪表现得太肤浅了，她参加通灵仪式时，是以死马当活马医的心情去打听女儿的下落，但演技还是差了些火候。

在通灵仪式中，迈拉与死去的儿子频繁交流，观众却不明白这与绑架之间有何联系。直到电影的后半段才揭晓迈拉的疯狂计划：她打算把人质女孩献祭给亡子的灵魂。这个冲击对观众来说极具说服力，此时我们才终于明白，原来本片的主题是马基雅弗利主义（Machiavellianism）① 的疯狂母爱。

---

① 由文艺复兴时期意大利政治思想家马基雅弗利（Niccolò Machiavelli，另译马基雅维利）提出，即个体利用他人达成个人目标的一种行为倾向，主张为达目的可以不择手段。

同时，导演还尖锐地描绘出这样一幅窘境：与现代化的皮卡迪利广场那拥挤的人潮不相协调的神秘主义，依然深深扎根于伦敦小市民的心底。不信任伦敦警察厅的贵妇将希望寄托于通灵术，连警察也在大庭广众之下谈论自己对通灵术的好奇。阿滕伯勒那声"我不会帮你杀人的！"的呐喊，既是良心市民对莎朗·塔特事件[①]、琼斯镇惨案[②]（发生在电影完成后）的强烈抗议，也是对神秘主义教条（自以为是）的警告。

后来，比尔为杀害人质女孩而潜入了森林，这里被描绘得格外美丽，有种洗涤心灵般的舒畅感。被扔在树下的女孩虽已奄奄一息，但看到如此美景，观众会萌生一种期待感，觉得女孩也许能得救。

本片的悬疑性与希区柯克的电影不同，散发着浓厚的文艺片气息。尽管有希区电影中必不可少的楼梯场景、各种各样的小道具，可导演布赖恩·福布斯（Bryan Forbes）并没有强调耍小聪明的恐怖之处。它属于正统的英国悬疑片，同时也是英国电影的复活之作，故而深得我心。

（《电影旬报》，1979年8月上旬号）

---

① 1969年，女星莎朗·塔特（Sharon Tate）在家中被邪教组织杀害。——译注
② 1978年11月18日，美国邪教组织"人民圣殿教"的信徒在南美洲圭亚那琼斯镇集体自杀。——译注

观《卡尔·萨根的宇宙》第一集有感

开场时,镜头从覆盖了电视显像管的惊涛骇浪转向蓝天大海,然后慢慢靠近山崖上如豆粒般大小的人影,也就是本剧的解说者卡尔·萨根(Carl Edward Sagan)。

——地球的表面是宇宙这片"海洋"的"海岸",我们在这片"海岸"上学到了许多知识。然而,我们所了解的深度顶多是把脚踝没入水中的程度。我们本能地知道自己来自这片"海洋",终有一天还会回去。我们虽然是宇宙的一部分,但反过来看,宇宙也存在于我们的体内……

这部气势磅礴的纪录性幻想作品(Document Fantasy,我认为此称呼最贴合本片)便由这段令人印象深刻的独白揭开序幕,从第一集[①]开始,小小的电视屏幕上就接连出现令人大开眼界的场景。

---

① 剧集原名为 *Cosmos: A Personal Voyage*,首播于 1980 年,共 13 集。第一集名为《宇宙海洋之岸》("The Shores of the Cosmic Ocean")。

首先，解说者卡尔·萨根捏起了一撮蒲公英冠毛（种子），令其轻盈地飘上天空，然后，蒲公英冠毛直接变成了宇宙飞船①，一口气冲向太空，瞬间移动（warp）到了八十亿光年外的宇宙另一端。

电视上有节目介绍过"宇宙的尽头"吗？

观众还没从惊讶中缓过神来，蒲公英宇宙飞船就随着摄影机穿过一片片星云，飞越无数的宇宙（其中也有仙女座螺旋星系），冲进了银河系，还经过了名叫类星体的天体、爆炸的超新星、暗星云以及不知名的星球上空。

画面进入这一段时，喜爱科幻的小朋友大概会欢欣雀跃，看得如痴如醉吧。恐怕也有人会被这充满诗意的美丽画面打动，陶醉其中。还有人会注意到其中的部分画面，是最新科学进展中的宇宙模样。

《卡尔·萨根的宇宙》就是这样一部超越了科幻的雄伟叙事诗，充满了新奇的惊喜与深深的感动。

宇宙飞船最终抵达了太阳系的尽头。冥王星带着它唯一的卫星"卡戎"（两年前才被发现）②从一旁经过。我们跟随着摄影机的视线，如箭矢般穿过土星环带边缘上的小环（这

---

① 画面中宇宙飞船的外部造型和蒲公英放射状的冠毛绒球非常相似。
② 卡戎星（Charon）于1978年被发现，冥王星目前已知有五个卫星，卡戎星作为其最大的卫星又被称为冥王一。2006年，随着冥王星被定义为矮行星，天文学界对于卡戎星保持其卫星身份，还是被列为新的矮行星（即与冥王星组成双矮行星系统）存在争议。

也是新发现的)、木星大红斑的上空以及火星的近地面。

本节目的特效摄影十分强大。电影《星球大战》、《星际旅行》(*Star Trek*，1966，另译《星际迷航》)中的幻想场景令年轻人叹为观止，而在本节目中也能经常看到有着同等规模与感染力的镜头。

如果像这样对每一个场景都进行细致的分析，那根本就写不完，无论是哪一段故事，它的内容与技术都完美地结合了起来。

顺便一说，第一集的结尾恐怕是我们第一次在电视上看到宇宙的诞生，即宇宙产生的时刻。它和原子产生的瞬间一样，被称为"大爆炸"(The Big Bang)。

本节目用宇宙年历计算了从人类诞生到现代文明出现的历史时间。假如"大爆炸"发生在1月1日，那么人类文明的诞生，是在12月31日的下午11点46分[①]。它简明易懂地说明了人类历史的脆弱与短暂。

NHK教育频道习惯在清晨或深夜播放无人观看的枯燥宇宙故事，而《卡尔·萨根的宇宙》完全值得在晚上10点(美国是晚上8点)一口气播出，是部趣味十足的严谨节目。据说在纽约，它还打败了CBS(商业电视台)的收视率。

《卡尔·萨根的宇宙》证明，即便是教育节目，只要创意

---

① 剧集中基于宇宙年历(每一宇宙分钟代表地球的三万年时间)的讲解：人类诞生于12月31日下午约10点30分，11点46分人类驯服了野火。

优秀、经费充足，也不会输给任何一档娱乐节目。

我们对教育节目、科普节目有着先入为主的观念。而《卡尔·萨根的宇宙》则颠覆了以往教育节目"死板、枯燥、没劲儿、无聊透顶"的评价。

我曾尝试以科幻风格在漫画《火鸟》中描绘宇宙的尽头，但在这档节目面前，我甘拜下风。因为现实的无尽重量给了我冲击。

同时，节目也在引人深思的方面打败了我：人类这种相当于宇宙尘埃般的生物，究竟为什么会活着呢？可他们又是多么愚蠢，却又多么美好的存在啊。

(《周刊电视导览》，1980年11月7日号)

黑泽明先生的国际性

实不相瞒,我在国外旅行的时候,几乎每天都会听到黑泽先生的名字。每当我自称为日本电影人中的无名小辈时,对方就会问:"黑泽大师现在在拍什么呢?"

逝世的两位巨匠——沟口与小津已成往事,相比之下,黑泽先生怎么说都有现役导演的优势。日本电影人中没有谁像他这般广受海外的期待。

可即使是黑泽作品,在昭和二十年代(1945—1954年)似乎也难以被海外日裔所理解。当时报纸上就有过这样的新闻:东宝影院在洛杉矶建成后不久,刚拿到威尼斯电影节最高奖的《罗生门》(1950)与某部曲艺电影在里面一同上映了。一位日裔观众就批评道:"(《罗生门》)那部电影到底是什么玩意儿啊?同一个画面反反复复地放,简直浪费时间。相比之下,另一部××××更好看,里面还有艺人的徒手舞①,精彩极了。"

这篇新闻让我特别生气,当时国外的日本人对电影的见解难道就只有这点儿水平吗?

我觉得日本人或许根本就不明白黑泽作品的真正价值。直到其最近一部作品,都没人像黑泽先生一样在国内饱受批评(还包括细节方面)。而且,这些批评部分在日本国外根本没被当回事儿。此外,就算他拿到国际大奖,令人厌烦的批评在自制杂志中依然层出不穷。

这位国际巨匠在日本国内外的评价完全是两极分化。国内也可能是出于嫉妒,就不能坦然地赞美人家大师的本领吗?

当然,黑泽先生本人的目标也不是得到国外的认可。

若说黑泽先生的气质是国际化的,却也并非如此。硬要说的话,他更像描绘古典日式父亲形象的人。要是让一般的导演来描绘,显然会变成"浪花节"②。

黑泽先生身上日本人的部分没有让欧美观众觉得奇异,反而让他们接受了下来,这种本事究竟是怎么回事呢?

这个谜团令我非常好奇。不光是我,创作剧画的人都如

---

① 歌舞伎舞蹈中,脱离乐曲整体故事的发展,不使用任何小道具,随着热烈的伴奏有节奏地跳舞的部分。
② 也叫浪花曲,一种三味线伴奏的日本民间说唱歌曲,唱的多为以义理人情为主题的大众化故事。

此认为。对剧画家一辈而言，黑泽作品相当于教科书，即画分镜的范本。这似乎也同黑泽先生画工精湛的分镜离不开关系。

"关于电影，有些人不是觉得角度刁钻（中略）的拍摄方法看起来很有趣吗？还把镜头分割得非常细。（中略）可这么做，也不代表电影会变得更好。所谓的电影，首先要认真创作出被拍摄对象。"（出自西村雄一郎，《巨匠的本领》）

剧画这种表现形式，胜负取决于各个分镜的构图与走向，是否用心呈现将决定剧画的趣味性。黑泽先生的作品，无论是哪一部，所有的镜头都细腻易懂，而且花费了十二分的心血。在剧画家一辈中，不少人是被《七武士》（1954）感动得立志要成为电影导演，结果未能如愿，才转而进入了剧画界。看这些人的作品，会发现里面的分镜稳健而有逻辑，没一点儿多余，而这正是由于黑泽电影的深刻影响，不像如今的年轻剧画家，分镜都凭感觉画着玩。

黑泽先生在国际上受欢迎的秘密，似乎在于他的细致与用心。

黑泽电影让全世界影迷开始关注日本电影，将日本人这群晦涩含蓄的被拍摄对象，以易懂、有趣又艺术的形式呈现了出来。

继《德尔苏·乌扎拉》（1975）之后，黑泽先生计划以埃德加·爱伦·坡（Edgar Allan Poe）的原作为基础，再导演一部苏联电影——《黑死病的假面》[①]（暂定标题）。一次，我有幸拜读了草稿。这不是经过了改编的本土化外国作品，而是原汁原味的外国原作。我本以为自己会看到一份充满国际范儿的别样剧本，但有点扫兴的是，剧本还是熟悉的黑泽风格。

可细细一想，这样也挺好的，不如说黑泽先生和以往一样放飞了想象。即便他很久没有导演作品了，再出手大概也还是我们熟悉的黑泽风格。

《黑死病的假面》讲的是黑死病的蔓延在城内引发了恐慌。贵族们狼狈不堪，彼此争论。剧本并没有很好地体现出黑泽先生的感染力。但仔细一读，会发现如此细致绵密的台词简直前所未有。我完全想象得到，等电影完成后，其稳重的场面调度定会胜过《德尔苏·乌扎拉》，成为一部面向大众的娱乐大作吧。

黑泽先生也是剧画家的大恩人。特别是在日本剧画进军海外受挫的时候，黑泽作品启发了大家去思考什么才是国际性。

（《黑泽明全集》第四卷月报，岩波书店，1988 年 2 月 18 日发行）

[①] 原文为《黒き死の仮面》，改编自爱伦·坡的《红死魔的面具》（*The Masque of the Red Death*）。黑泽明在世时未能拍成。

斯皮尔伯格与黑泽明——《夺宝奇兵》

无论好与坏,《夺宝奇兵》(*Raiders of the Lost Ark*, 1981)都是斯皮尔伯格的电影。即便原作诞生于卢卡斯(George Lucas)的脑袋,剧本由他和劳伦斯·卡斯丹(Lawrence Kasdan)共同撰写,但这依然是斯皮尔伯格的集大成之作,也显示了他的某种极限。同时,本片也如实展示了斯皮尔伯格是以哪些前辈为榜样的。毕竟影片极为细致地把所有电影的精彩场面都拼了起来,自然能看出每一幕的原型出自何处。

所以事到如今,我才惊讶地发现斯皮尔伯格深受黑泽明电影的影响。追溯好莱坞导演的源流时会发现,过去那些好莱坞色彩浓厚的动作场面的构图、摄影技术、切出方式,与现在的三四十岁导演隔阂巨大,二者仿佛身在不同的世界,促成这一现象的原因,极有可能是后者受到了《七武士》、《用心棒》(1961)等黑泽电影之手法的深刻影响。除开《黑狮震雄风》(*The Wind and the Lion*, 1975)这样的模仿片,还是有不少能干的年轻导演在忠实地沿用黑泽技法。比如，为了让一个段落呈现出有力的效果，会对小道具、声音、照明、动作进行夸张处理。哪怕是没什么意义的过场，也能表现出惊人的紧迫感。《夺宝奇兵》就用到了这样的手法。影片的精彩场面被评价为"紧张刺激的集中开火"，其中的一半其实过誉了，但这种夸张的效果令观众如痴如醉。

　　本片最成功的地方是与主线毫无关系的开场，是一段关于亚马孙的场景。这段寻宝插曲被描绘得惊悚而怪诞，令人目瞪口呆。但老实说，影片让我陶醉的地方也就到此为止。我原本期待这种氛围能延续到结尾，电影却往别的方向发展了。有趣是有趣，可就如我前面所说，它仿佛把其他电影的精彩场面都拼了起来，感受不到完全的原创性。在此意义上，也可以把本片和《一九四一》（1979）归为一类，属于动作片戏仿作。然而，在观影结束后的畅快感中，还隐藏着光顾着叠加套路、略乏新意的无聊感。

　　不过，这种贪婪的职业精神令我深感钦佩，我很是郁闷：咱们四大制片厂的制作团队怎么就缺乏这样的气魄呢？八成儿还是万年不变的换汤不换药，我觉得失败是在所难免的。

（《电影旬报》，1981 年 11 月下旬号）

迪士尼风格的温情科幻片——《E.T. 外星人》

这明显是一部用"现代风"包装过的迪士尼电影。不知为何,从《第三类接触》开始,斯皮尔伯格导演就收起了《决斗》《大白鲨》中的暴力锋芒,反而用起了迪士尼的怀旧风格。《第三类接触》中出现了《木偶奇遇记》的插曲《当你向星星许愿》("When You Wish Upon a Star"),这次的《E.T. 外星人》(*E.T. the Extra-Terrestrial*,1982)更是全片洋溢着人文情怀、儿童风格以及催泪场景,尤其是单车飞上天空、背景是一轮大月亮的构图,怎么看都充满了迪士尼风味。

而且很不要脸地说,这种儿童与外星人的故事,就是我漫画里出现过的套路,经常被人吐槽为"手冢流人文主义"。那也是因为我深受迪士尼电影的影响,没想到斯皮尔伯格也跟我一样受到了影响,产生了同样的感受。看过这部电影的人都说"很催泪""看哭了",并非因为小朋友的演技像《赤子情》(*The Champ*,1979)中的那样精湛,而是因为斯皮尔伯格的组织与调度。他的榜样正是迪士尼。

故事内容简单明快，明显是一部低成本的中级电影。唯一比较花钱的是外星人皮套和机关，但从《星球大战》中人偶尤达的精湛演技来看，这也不是什么特别困难的技术。

这部非现实的温情科幻电影（？），对美国普通中产家庭的描写非常真实，特别是夫妻分居、丈夫在墨西哥、家里就剩母子二人的设定。母亲在厨房里突然想起了自己的丈夫，不禁泪水盈眶——这个镜头大概令许多美国妇女观众倍感亲切吧。这种不经意的真实感，在日本的科幻电影（包括动画）中连个影子都没有。本片在这一点上是个不错的榜样。

（《朝日画报》，1982年11月5日号）

第二章

我喜欢的电影

我喜欢的美国电影、美国男女演员

1. 《关山飞渡》(*Stagecoach*,1939)

抒情风格,有趣得无可挑剔,结构、叙事十分精巧,摄影角度新颖,对我的工作也颇有帮助。

2. 加里·格兰特(Cary Grant)

这位演员就是我青春时代的回忆,在这层意义上,我也难以忘记他。他是真正的娱乐工作者,才华横溢,也可以说是一位没能拿到奥斯卡奖[①]的著名演员。

3. 克劳黛·考尔白(Claudette Colbert)

外貌清纯,好莱坞繁盛时期的代表性女演员。如果考尔白不在了,那就是奥黛丽·赫本(Audrey Hepburn)。

(《周刊读卖》,1976年3月13日号)

---

① 加里·格兰特获得过两次奥斯卡金像奖最佳男主角提名,于1970年获得奥斯卡终身成就奖。

我喜欢的法国电影

作品

1. 《天堂的孩子》(*Les enfants du Paradis*,1945)
2. 《铁路战斗队》(*La bataille du rail*,1946)
3. 《逃犯贝贝》(*Pépé le Moko*,1937)
4. 《佛兰德狂欢节》(*La Kermesse Heroique*,1935)
5. 《红气球》(*Le ballon rouge*,1956)

导演

1. 朱利安·迪维维耶(Julien Duvivier)
2. 勒内·克莱尔(René Clair)
3. 勒内·克莱芒(René Clément)

男演员

1. 让·迦本(Jean Gabin)

2. 路易·茹韦（Louis Jouvet）
3. 利诺·文图拉（Lino Ventura）

女演员

1. 阿列蒂（Arletty）
2. 达尼尔·达黎欧（Danielle Darrieux）
3. 凯瑟琳·德纳芙（Catherine Deneuve）

老实说，最近二十年的法国电影我不是很满意。说得更直白点，我讨厌新浪潮以后的法国电影，主题都是人类的未来没有梦想和希望。即便散发出厌世的黑暗感，从前的法国电影也包含着甜美的陶醉与喜悦。战后的作品也是一样。《奥菲斯》（*Orphée*，1950）、《美女与野兽》（*La belle et la bête*，1946）、《在巴黎的天空下》（*Sous le ciel de Paris*，1951）、《犯罪河岸》、《我的舅舅》（*Mon Oncle*，1958）等作品，恐怕是法国电影崩塌前的最后荣光。

男演员我划分得简单粗暴，大致分为让-保罗·贝尔蒙多之前和之后。他之后的明星除了利诺·文图拉，其余的都是垃圾。垃圾是因为没有一个人能摆出"我是法国电影明星"的表情。阿兰·德龙（Alain Delon）尤其垃圾。看看战前的字幕名单，上面列满了招牌影星的名字，尽管他们在法国电影之外并非如此。

女演员必须是阿列蒂。不然,就换成长着正宗法国脸的弗朗索瓦丝·罗赛(Françoise Rosay)。

我喜欢的导演基本上只有七八个。除了克莱尔、迪维维耶、费代尔(Jacques Feyder)外,克莱芒与卡尔内(Marcel Carné)当年一边反抗纳粹占领下的镇压,一边学习电影,是复活了法国电影的大功臣。再加上雷诺阿(Jean Renoir)和克卢佐(Henri-Georges Clouzot),这就是我喜欢的全部导演了。《红气球》的导演拉莫里斯也可以算进来,但我坚决不会算上马勒(Louis Malle)跟戈达尔(Jean-Luc Godard),因为他们喜欢希区柯克的手法,而法国电影由此开始了崩坏。

(《电影旬报》,1988年10月下旬号)

我喜欢的欧洲电影

最佳欧洲电影

《天堂的孩子》

最佳男演员

亚历克·吉尼斯（Alec Guinness）

最佳女演员

葛丽泰·嘉宝（Greta Garbo）

最佳导演

朱利安·迪维维耶

最佳制作人

约瑟夫·阿瑟·兰克

这下头疼了，比选美国电影难好几倍。毕竟一个欧洲有十多个国家，还不让我选出每个国家的最佳作品，这个选拔太强人所难了。

不管别人怎么说，我都认为欧洲电影的巅峰是战时、战后的作品，其中的最佳影片非《天堂的孩子》莫属！简直出类拔萃。最重要的是，面对纳粹的镇压，制作人员不屈不挠，拍出了如此厉害的大作，这股热情令人敬佩，是我们青春时代最棒的指南书。

有那么一瞬间，男演员一栏我打算填上让·迦本的名字。令我踌躇的，是亚力克·吉尼斯在《贼博士》(*The Ladykillers*, 1955)、《桂河大桥》(*The Bridge on The River Kwai*, 1957)中的精湛演技。舞台演员的经历是他的优势，大概没有男演员能像他一样突出"角色的存在感"了吧。让·迦本的确是个大明星，但演戏总一个调子。而米歇尔·西蒙（Michel Simon）与路易·茹韦，我承认二人演配角时的魅力，可如果连续看几部他们主演的作品，就有些难受了。不过吉尼斯的话，无论看多少部，还是会期待他下一部将呈现出什么样的造型。

女演员一栏，恐怕会有很多人推举索菲亚·罗兰（Sophia Loren）吧。嘉宝不是美国的电影明星，明显是欧洲的阿佛洛狄忒。在她面前，女巨星们看起来都黯然失色。

为表示满腔敬意，导演方面，我选择了为我们打下戏剧学基础的迪维维耶。在受大众喜爱的导演中，如果要列举几个跟我合不来的导演，那就是费里尼（Federico Fellini）和文德斯（Wim Wenders）了。

（《手冢治虫大全 2》，Magazine House，1992 年 12 月 17 日发行）

世界十佳怪物怪兽电影

1. 《魔童村》（*Village of the Damned*，1960）
2. 《伊阿宋与阿尔戈英雄》（*Jason and the Argonauts*，1963）
3. 《金刚》（*King Kong*，1933）
4. 《恐怖德古拉》（*Dracula*，1958）
5. 《日本诞生》（1959）
6. 《白鲸记》（*Moby Dick*，1956）
7. 《飞碟征空》（*This Island Earth*，1955）
8. 《夸特马斯实验》（*The Quatermass Xperiment*，1955）
9. 《蚂蚁雄兵》（*The Naked Jungle*，1954）
10. 《辛巴达七航妖岛》（*The 7th Voyage of Sinbad*，1958）

我把《魔童村》放在第一名，是因为剧组没怎么花钱就制作出了恐怖的怪物。

我评选的标准避开了正统的怪兽，更看重那些夺人眼球的怪兽,它们虽然是配角,但一出场就抢走了全场的目光。

(《世界怪物怪兽大全集》,电影旬报社,1967 年 5 月 15 日发行)

十佳科幻电影

1. 《平步青云》(*A Matter of Life and Death*,1946)
2. 《太虚道人》(*Here Comes Mr. Jordan*,1941)
3. 《大都会》(*Metropolis*,1927)
4. 《登陆月球》(*Destination Moon*,1950)
5. 《魔童村》(*Village of the Damned*,1960)
6. 《夸特马斯实验》(*The Quatermass Xperiment*,1955)
7. 《世界大战》(*The War of the Worlds*,1953)
8. 《2001 太空漫游》(*2001: A Space Odyssey*,1968)
9. 《地心游记》(*Journey to the Center of the Earth*,1959)
10. 《人猿星球》(*Planet of the Apes*,1968)

科幻电影与科幻小说的乐趣并不相同。电影得画面有趣,脱离低级趣味,一眼看上去就很有意思。最近的《人猿星球》便是一部佳作。

《发条橙》(*A Clockwork Orange*, 1971)作为一部社会讽刺片非常有趣，但我犹豫要不要把它放进来。在这层意义上，《奇爱博士》(*Dr. Strangelove or: How I Learned to Stop Worrying and Love the Bomb*, 1964)与其说是科幻片，我更想把它加入科幻番外片的榜首。总体来说，有原作的作品都没什么特别好玩的，原创电影的有趣之处，在于它不被原作束缚，在画面上能够随心所欲、天马行空。

《日本沉没》的小说很有趣，但电影八成儿会失败。

真想让小松左京、筒井康隆①来写剧本啊。希望业界也能让漫画家给科幻电影出出主意。

(*Road Show*，1973年10月号)

---

① 均为日本著名科幻小说家，代表作分别为《日本沉没》和《梦侦探》，两人有多部小说曾被改编为影视剧。星新一、小松左京、筒井康隆合称为日本科幻的"御三家"。

十佳外国电影

1. 《拿破仑》(*Napoleon*, 1927)
2. 《2001 太空漫游》(*2001: A Space Odyssey*, 1968)
3. 《关山飞渡》(*Stagecoach*, 1939)
4. 《天堂的孩子》(*Les enfants du Paradis*, 1945)
5. 《第三人》(*The Third Man*, 1949)
6. 《城市之光》(*City Lights*, 1931)
7. 《偷自行车的人》(*Ladri di biciclette*, 1948)
8. 《战舰波将金号》(*Battleship Potemkin*, 1925)
9. 《舞会名册》(*Un carnet du bal*, 1937)
10. 《白雪公主和七个小矮人》(*Snow White and the Seven Dwarfs*, 1937)

《2001 太空漫游》虽在我心中常居前列,但我至今都深信阿贝尔·冈斯(Abel Gance)的《拿破仑》才是电影手法、技术、娱乐性的鼻祖。不过，如果看了《党同伐异》（*Intolerance*，1916）的完整版，我可能又会改变主意。我选出的十部作品，每一部都以某种形式翻出了新花样，同时也是我的青春。我漫画中的某些地方包含了这十部电影的画面，如果有人能把漫画里致敬这十部电影的地方全部找出来，届时我将送上奖品。

（《电影旬报》，1989年1月下旬号）

十佳日本电影

1. 《七武士》(1954)
2. 《雨月物语》(1953)
3. 《砂之女》(1964)
4. 《浊流》(1953)
5. 《生之欲》(1952)
6. 《监视》(1958)
7. 《人间的条件》(五部作①)
8. 《心中天网岛》(1969)
9. 《浮云》(1955)
10. 《哥斯拉》(1954)

我一分钟就写完了,才发现一部小津(安二郎)的作

---

① 《人间的条件》为系列电影,共有六部,标题直译应为"做人的条件"。

品都没有。我想把《人间的条件》换成《麦秋》(1951)或《饭》(1951),但前者也是一部令人难以割舍的力作。这么列开一看,几乎都是黑白电影。当时录音效果差,放映设备也不好,可全都是日本国产电影(邦画)的一等品。话说回来,日本电影沦落得如此惨淡,责任在于很多方面,其中之一就是过度吹捧无聊烂片的影评人。

(《电影旬报》,1989年1月上旬号)

第三章

外国动画杂谈

观《小飞侠》有感……

《小飞侠》是纪念迪士尼漫画电影二十五周年的大作,无愧于四百万美元的制作费,很值得一看。

影片很少有《爱丽丝梦游仙境》(*Alice in Wonderland*,1951)中的怪诞感,彼得·潘、温蒂和其他孩子的歌曲也十分温馨。相比海盗的场景,还是中途在印第安部落的歌曲更加有趣,尽管跳舞的画面令人眼花缭乱。出场角色里,就数吞下闹钟后嘴中发出嘀嗒声的鳄鱼最为出彩。海盗船里的色彩特别土气,挺叫人失望的。在影片的结尾,温蒂父亲的话语非常真诚,令人感动。

(《漫画研究 1》,日本儿童漫画研究会,1954 年 11 月发行)

观《幻想曲》有感

作为十五年前的作品,《幻想曲》(Fantasia, 1940)[①]完全没有过时的感觉。比起动画,它更像一部豪华画卷般的大作。看完后,感觉如同吃掉了一大份生日蛋糕。高潮的交响乐部分甚至让人错以为自己身在音乐会现场。即使是不熟悉巴赫的《赋格》等纯音乐的人,也一定会为之折服。以电线为五线谱,音符化为燕子在上面飞来飞去,如此新颖的创意令人拍手叫绝。《胡桃夹子》固然优秀,但最惊艳的还是《春之祭》,它准确描绘出地球由混沌时代冷却下来,狂风大作,然后第一次出现了生物的过程。也可以说它是催生出《美丽的动物》的原案,总而言之,我是头一次看到如此动人心弦的场面。恐龙干渴而亡的时候,画面红得像燃烧起来了一般,营造出一股凄凉

[①] 该片包括八个动画段落,对应配以八首名曲,其中有巴赫的《d小调托卡塔与赋格》、柴可夫斯基的《胡桃夹子》组曲、斯特拉文斯基的《春之祭》等。

感。但纵观整体，还是缺少这样的亮点，因此给人一种涣散的感觉。

（《漫画研究 4》，日本儿童漫画研究会，1955 年 10 月发行）

纽约的迪士尼

我在纽约遇到了华特·迪士尼。不,更准确地说是擦身而过。

纽约世界博览会开幕的当天,我偶然得到了与他交谈的机会。他作为四个展馆的创意总监参与开幕式,而我只是报纸特派的画家兼围观群众,原本我们根本不可能碰面。

他在纽约世博会上利用电子学制作了一台融入了音画技术的独特机器人。它叫发声机械动画人偶(Audio-Animatronics),其精巧绝伦的制作令人大开眼界,能让林肯的画像如人类一样开口说话。这机器在有一千台人偶载歌载舞的百事可乐展馆里,彻底俘获了游客的心。

我去百事可乐展馆采访时碰巧遇见了迪士尼本人,还是在录音带用完了的情况下。

他在台上向五百名观众打招呼,观众的热情简直超乎想象。看看那些倾听他一言一语的老人、年轻人、儿童、幼儿

*插图出自《我的漫画记》第16回
(《铁臂阿童木俱乐部》,1966年2月号)

的目光!几百双眼睛都闪闪发亮,饱含着尊敬、期待、感激之情!

不管是哪一辈,生活中都伴随着迪士尼主角带来的欢声笑语,以及人们对它们的喜爱。

记得迪士尼当时也开玩笑地说:"我这些可爱的孩子能够陪伴大家一生,绝不会惹出任何麻烦,是一群轻松喜人的伙伴。毕竟它们不会变老……"

遇到迪士尼之前,我在美国各地都听过他的批评和埋怨。

洛杉矶的动画人集体骂他是个职业商人。他已然超出漫画电影的范畴，彻底成了企业家，享受名流待遇，故而饱受人们的鄙视。

有位男士这样说道："你们想想吧，迪士尼乐园不是以一己之力开发的，而是在政府提供的土地上，由政府推荐的企业修建而成。战争时期，迪士尼听从五角大楼的吩咐接连制作政治宣传片，而迪士尼乐园就是政府为之付出的代价。政府利用了他的名声，他也在利用政府，迪士尼已经不是我们的同伴了。"

日本最近对迪士尼的评价也十分糟糕。特别是战后的几部长篇动画明显退步了，几乎千篇一律，令人大失所望。

不过，光就动画（animation）电影而言，我还是相信迪士尼既没有墨守成规也没有退步，不如说他的态度是在追求广义上的动画，并且随着年龄的增长而愈发有精力，愈发有野心。

animation 被解释为"动画"，但它原本指的是 animism（泛灵论），即把没有生命的事物以活灵活现的方式呈现出来，仿佛它们有生命一般。

人类从儿时到死亡，始终怀揣着各色梦想。比如翱翔天空、变身，恐怕谁都曾幻想过吧。如果能与山河、桌椅、鲜花、鸟兽交流，如果它们能像人类一样动起来，那该有多好玩啊——古今东西的人们肯定都有过这样的梦想。

我认为迪士尼本质上就是这些梦想的追求者。

事实上，迪士尼制作过贯彻自然主义的《小鹿斑比》（*Bambi*，1942），还制作过《美丽的动物》，片中的动物们展现出了人类般的演技，这无疑是因为他希望把自己的想法具体呈现在银幕上。而且在影片完成后，他想采取更为立体化——更为逼真的表现手法，于是把手伸向了迪士尼乐园的各种动物模型和发声机械动画人偶。

当我准备进百事可乐展馆采访时，恰巧与发言结束的迪士尼在台下碰面了。我张皇失措，语无伦次地做起了自我介绍："我是日本动画公司的老板。"

迪士尼回答得漫不经心："欢迎欢迎。"

"我们制作了《铁臂阿童木》。"

"噢，《铁臂阿童木》啊，"他这才产生了兴趣，"我在洛杉矶看过，是部很棒的作品。"

"谢谢，制作人员听了会很高兴的。可以请问一下您的感想吗？"

"是个非常有趣的科学故事，"迪士尼说，"以后的孩子们会把目光转向宇宙的，我也想做一部。有空欢迎来伯班克（Burbank）。"

恐怕迪士尼也深刻地感受到了时间的流逝与童心的变化吧。

迪士尼工作室位于伯班克，里面十分冷清，只有几名动画师给参观者做示范。迪士尼曾在此处埋头工作，然后离开了这里。如今它看起来像座被抛弃的遗迹。

伟大的迪士尼已逝，我觉得几乎不可能出现真正的后继者。因为就算掌握了技术和理论，他那种不懈追梦的精神也是任何人都学不来的。

（《文艺春秋》，1967 年 5 月号）

华特·迪士尼——漫画电影的王者

与黑手党的老大哥相反,华特·埃利亚斯·迪士尼的面容长得像爽朗的意大利移民,他去世(1966年)已经快十年了。

他与查尔斯·卓别林并列为美国电影史上最伟大的人。他是漫画电影的王者,也是实现梦想的企业家。第二次世界大战中,他在敌国德国也受人喜爱,大概是全球影迷范围最广的一位艺术家。

这些赞美之词放到今天也毫不褪色,而且每每有他的老片重映时,影院都人群爆满,盛况空前。最近《幻想曲》重新上映了,连不太了解米老鼠的剧画一辈都涌进了首轮影院,目光炯炯地沉浸在影片中,人多到得站着观影。

观众们观赏迪士尼电影时的那种心情,与观看《教父》(*The Godfather*,1972)、《无仁义之战》(1973)、浪漫情色片(Roman Porno)和卓别林、基顿(Buster Keaton)的老片时的兴奋感似乎略有不同。

这份不同，是因为被动画的影像魔力所吸引？还是对泛灵论——人类自古以来对"天方夜谭"的憧憬？又或许是对异次元动作戏、变形（metamorphose）噩梦的惊叹？

这里就有一个人受迪士尼吸引，为迪士尼倾心，被迪士尼决定了人生。

小学二年级的时候，我在漫画电影大会上头一次看到米老鼠。然后让父亲买来了老旧的家庭放映机"百代宝贝"（Pathé Baby），收集了好几份胶片，其中之一是《米奇的火车之旅》（*Mr. Mouse Takes a Trip*，1940）。当时，我便和迪士尼结下了不解之缘，幼小的内心坚信迪士尼是自己的伙伴。

小孩即使向大人解释自己的世界，他们也不会懂，可我认为迪士尼是明白的。面对善解人意的老师时，学生会觉得这位老师是自己的伙伴，我正是感受到了这样的亲近感。大概全世界的小朋友都因同样的直觉而接受了他吧。

究竟是什么元素如此讨喜呢？是那种圆润如布偶的画风吗？可它并非迪士尼的专利，是前辈保罗·特里、弗莱舍兄弟、华特·兰茨（Walter Lantz）等漫画电影人出于需要而发明的风格。为了让动画流畅地呈现出来，角色的动作必须以圆周运动为基础，那种风格画起来最方便。

即使从米老鼠、唐老鸭这样的简单主角发展到了白雪公主、王子殿下等复杂的角色，画法关键也始终离不开圆形和球体，画师们首先从在草稿上画圆开始。而且很长一段时间里，日本的动画师们也离不开这种画法。

画面动起来的时候，这种布偶风格看起来倒没什么，可暂停一看，便会惊奇地发现角色毫无个性，就跟人偶似的，画面也是枯燥无味。我直说了吧，这种画面一点也不高级。在绘画方面，迪士尼反而没有出众的艺术性。

虽不知真假，但据说有这样一段逸事。相传影迷要求签名时，功成名就的迪士尼是绝不会签绘的。因为迪士尼手下的画师们早已超越了他，他本人彻底失去了信心。扯一点题外话，自《白雪公主》以后，不知为何迪士尼把作画全交给了员工。员工们忠实地模仿老板的画法，不断创作出后来的作品角色。它们看似千差万别，但终归是在沿袭老板迪士尼早期创造的角色。

言归正传，迪士尼风格带来的大众性、与小市民的亲近感，使之成为孩子与母亲（有着"把可爱事物当作善"的幼儿式喜好）的最佳偶像。"迪士尼的作品都是好动画"——大部分来自母亲们的好评，恐怕都是被这股可爱劲儿蒙蔽了。

起初，我一直以田河水泡与横山隆一的漫画为榜样。迷上迪士尼以后，我突然开始努力模仿他的布偶风格，于是形成了现在的画风。老实说，我的画风无法描绘狂野的冒险故事。圆润可爱的风格成了一种限制。

米老鼠和唐老鸭都只有四根手指。其实也没什么理论上的依据,只是因为画五根手指时,剧烈运动的手看起来像有六根指头。这样不太好看,而四根指头能让人错以为有五根。不知道这门技术是谁想出来的,但我已病入膏肓到把它也用进了自己的漫画中。不仅是我,有一段时间迪士尼风格的漫画确实席卷了全球。

战争刚结束时,看美军扔掉的十美分漫画,就会发现里面大半都在模仿迪士尼。漫画电影的类型也一样。说到昭和二十年(1945年)前后,先抛开经济状况不提,当时国外对迪士尼的评价达到了巅峰。米老鼠、唐老鸭的好评十分稳定,《白雪公主》《小鹿斑比》大获成功,在国际上也收获了许多奖项,正是蒸蒸日上的时候。战后的日本儿童在美国民主主义的洗礼下,不得不经受迪士尼动画的洪水式冲击。其中也有对日政策的好处。

我想起昭和二十三四年的时候,在引入日本国内的迪士尼短片里,有个指导灭蚊的教育宣传片。大致情节是《白雪公主》中的七个小矮人登场后,他们一边唱着"扫除之歌"一边搜寻疟疾蚊,并亲身体会到了蚊子身为疟疾媒介的可怕之处。或许因为日语配音员是由美国那边找的,所以支离破碎的生硬旁白简直不堪入耳。

据迪士尼的传记记载,在美国国务院的委托下,他于1941年的夏天以亲善大使的身份前往南美,还帮美国政府制作了许多海军部的教育片、财政部的纳税片等。但我们没理由对此说三道四，毕竟迪士尼是忠实的美国公民。只是，当影片作为政治宣传的一环流入日本时，迪士尼电影的美丽画面中明显藏着美国的说教，使人不由得大失所望。

当时，去美国购买美国片的大映社长永田与迪士尼公司签订合约，买下了全部短片，然后搭配自家的故事片每周上映。

这个系列网罗了战前、战时的迪士尼珍贵名作，令迪士尼的狂热影迷喜极而泣。为了看一部不到十分钟的短片，大家只得购买无聊故事片的电影票。

在迪士尼的短片中，大众公认的杰作主要为《糊涂交响曲》(Silly Symphony)的系列作品。让迪士尼信徒来说的话，其中的《老磨坊》(The Old Mill，1937)足以匹敌贝多芬的《命运交响曲》，还有《云肯、布林肯与诺德》(Wynken, Blynken, and Nod，1938)、《小海华沙》(Little Hiawatha，1937)、《丑小鸭》(The Ugly Duckling，1939)、《三只小猪》(Three Little Pigs，1933)、《森林餐厅》(Woodland Café，1937)、《海宝宝》(Merbabies，1938)、《正义狗》(Just Dogs，1932)等作品，都是些抒情可爱的小品。它们鲜明地体现出迪士尼身为创作者的个性。然而他的个性与儿童无缘，奇幻与抒情中还透出了色情和残酷。

不少作品中描绘了婴儿的光屁股，比起可爱，更有一种奇妙而刺激的肉感，走错一步就会引起观众的不适（最近的

《幻想曲》就失败了）。吸尘器、机器人、聪明的松鼠对唐老鸭的捉弄显得怪诞而残酷，迪士尼在制作时恐怕挺乐在其中的。迪士尼主义在早期的米老鼠闹剧中体现得淋漓尽致，起到了一种情绪宣泄（catharsis）的作用。

然而，不知从何时起，迪士尼精神被人文主义的氛围取而代之，而且是假惺惺的人文主义。它与原本的迪士尼主义混在了一起，令作品变得不伦不类。其中的代表作便是《白雪公主》。

《白雪公主》仿佛给原作的童话氛围添上了沙司、砂糖和奶酪，做成了一部怪里怪气的作品。老实说，我不太喜欢它。白雪公主像一个强行装妩媚的早熟小孩，有时却突然散发出母性，而随意亲吻人的样子又像个卖笑女，连小矮人也充满了淫荡下流的气息，到了结局依然欲求不满。

尽管迪士尼在《白雪公主》的介绍中提到"本片具备了电影的全部元素"，可仍改变不了悲剧的事实——作品缺乏统一性。作为观众的孩子与母亲都陶醉在精美的画面中，母亲更是被"著名格林童话"的招牌蒙蔽了双眼，丝毫未注意到作品的扭曲。更何况贯穿全片的甜腻人文主义占据上风，给观众带去了廉价的放心感。

迪士尼公司经常改编世界名作，几乎全处理成了人文主义。关于其糟糕的改编，儿童文学评论家 F.C. 塞耶斯（F. C. Sayers）曾针对州教育部长 M. 拉弗蒂（M. Rafferty）在《洛杉矶时报》上对迪士尼的赞美发表了一系列文章。

塞耶斯女士承认迪士尼是个天才，但把名作迪士尼化是对文学的亵渎——她提出这样的抗议也在情理之中。迪士尼已经得到最响亮的名声，其作品将影响到成千上万的孩子，可这份沉重的责任束缚了他，他迷失了创作"好作品"的方向。

也许是有意识地"努力做好情操教育"，让迪士尼不得不把自己未曾想过的"人性""道德""感动"塞进作品。

迪士尼的人文主义，不过是美国的博爱主义。迪士尼只是在举例子，用影像来解说罢了。战后儿童从迪士尼电影中学到了美国的人文主义，当这层外壳被剥落后，他们自然会对迪士尼主义嗤之以鼻。

我以迪士尼为榜样建立了虫制作公司，早期的作品收获了一定的反响。某天，一位员工认真地说道："我们应该通过影片来教育儿童。"我还记得自己当场怒斥："说什么傻话呢！我做的又不是教育片。"但是《铁臂阿童木》和《森林大帝》都得到了 PTA（家长教师协会）和母亲群体的推荐，员工们意图创作"正面影片"的热情愈发高涨。可这样的影片实在可悲。

那么，如果把圆润的画风和强加的人文主义剔除掉，迪士尼还剩下些什么呢？

大概是别无旁骛的开拓精神，为追求一席之地而不断前进的满腔热忱吧。但迪士尼作为娱乐工作者的服务精神，最后只能背叛这股热情。

不过，当迪士尼踏上企业之路时，这些精神与热忱注定会走向崩塌——巨大的迪士尼公司为了支撑企业，必须大批量生产，寻求合作，竞争十分激烈。似乎迪士尼乐园最初仅是计划建成一个很小的游乐园，可当资金筹集到887692美元时，它便肩负起了企业盈利的责任，甚至华特迪士尼公司旗下各种挂着迪士尼标志的商品，都已和艺术、作品脱离了关系。

生前的迪士尼当真希望如此吗？不可能吧。

从迪士尼财团成立开始，迪士尼就不再是迪士尼了。

战后的孩子——也包括现在的——不过是在迪士尼商品中看到了迪士尼的亡魂而已，其本身早已面目全非。呜呼哀哉。

我在虫制作公司担任了十年的社长，于去年卸任。因为我无法忍受它与手冢治虫的前进方向不同，我被迫重新认识到，自己其实是一名创作者。

然而，我现在仍旧是迪士尼的信徒，想把迪士尼作品再彻底地剖析、评价一遍。而且就我所知，有这个想法的人比比皆是。

虽然我们是战后在迪士尼主义洗礼下长大的一代，但我相信其中的迪士尼信徒，绝不会认同身为美国人文主义者的甜腻迪士尼。

(《朝日日报》，1973年6月15日号)

探访迪士尼公司

上次探访迪士尼工作室不知是多少年前的事儿了。去年年底,刚好是平安夜的前几天,我时隔多年下决心去了一趟。伯班克的工作室里有一半员工去休假了,剩下的人也都忙着办圣诞晚会,正是手忙脚乱的时候。

前一次的拜访和以前不同,工作室安静得仿佛没开灯一样。而这一次洋溢着活力,不仅是因为圣诞节,也是因为迪士尼公司恢复了生气。老大迪士尼逝世以后,新的经营团队总算找到了自己该走的路。

经过去年严格的选拔,迪士尼公司终于正式录用了四十名动画师。在此之前,工作室很长一段时间都没录用过新人了。与营销人员、制片人员不同,迪士尼公司几乎把长篇动画的实际工作都承包给了国外,如东欧、比利时、北欧等地。

当然,角色、美术设定、台本制作还是交给了迪士尼公司的元老级创作者,可他们都上了年纪,即迪士尼动画九武士①。从米老鼠时代开始，迪士尼就把他们当作股肱之臣来培养。弗兰克·托马斯（Frank Thomas）、沃夫冈·雷瑟曼（Wolfgang Reitherman）、沃德·金博尔（Ward Kimball）也位列其中。可是其中已有四人逝世，三人留在现场工作，其余的则退隐了。全员均为年满七十的老骨头。也可以说，正因为他们必须为迪士尼创作新作，这才有了迪士尼动画的套路元素。

还有一点，工作室把长篇动画外包出去的理由在于，电影界输给了电视界一时间的攻势，比起剧场动画，低廉的电视动画需求量更大。这种趋势也是被汉纳-巴伯拉动画公司（Hanna-Barbera Productions）②等新兴公司带起来的吧。

不过最近几年，美国也和日本一样迎来了动画热潮。而且，观众看腻了汉纳-巴伯拉、查克·琼斯（Chuck Jones）、弗里兹·弗里伦（Friz Freleng）③等人的老套电视动画，重新认识到了弗莱舍兄弟、迪士尼过去精细的全动画（full animation）④，这也与日本的状况非常相似。

---

① 中文世界一般称为"迪士尼九老"（Disney's Nine Old Men），除下文提及的三位动画师外，还包括莱斯·克拉克（Les Clark）、埃里克·拉森（Eric Larson）、米尔特·卡尔（Milt Kahl）、奥利·约翰斯顿（Ollie Johnston）、马克·戴维斯（Marc Davis）和约翰·劳恩斯伯里（John Lounsbery）。
② 由威廉·汉纳（William Hanna）和约瑟夫·巴伯拉（Joseph Barbera）联合创建于1957年，两人代表作为《猫和老鼠》。
③ 查克·琼斯和弗里兹·弗里伦都曾参与制作华纳的"乐一通"（Looney Tunes）动画系列，该系列的代表角色有兔八哥、达菲鸭、BB鸟等。
④ 在画面中完全描绘出动作的所有状态，通常每秒有十二张及以上的作画。全动画区分于有限动画（limited animation）。

其中，前年上映的迪士尼新作《救难小英雄》(The Rescuers, 1977）便大获成功——票房火爆到能与迪士尼票房最高的《小飞侠》相媲美，内容上也是久违的迪士尼风格——可以说这是迪士尼公司复兴的直接原因吧。去年上映的动画合成片①《妙妙龙》(Pete's Dragon, 1977）也收获了不错的成果，而目前制作的《狐狸与猎狗》(The Fox and the Hound, 1981）也被工作室视为超级大作，融入了以往作品所没有的深刻的人生哲学，向其中投入了极大的精力。这种高涨的气势，也得益于去年新录用的四十名动画师吧。

说起这次招聘，不仅是美国国内，连国外的新人动画师也蜂拥而至。一位制片人坦言：在迪士尼公司里，比起擅长迪士尼画风的画师，他们更倾向于选择素描功底扎实的"画家"。

事实上，我们看到的应聘原画②都是些令人惊艳的迪士尼动画风格的作品，但没有一个被录用的。有一位从荷兰来应聘的十九岁男生，堪称天才，能在一小时的测试时间内画出几十张动画③，还都是恐龙打架的复杂场景，速度令人难以置信。一看到这些画，我就觉得挺像月冈贞夫④的笔触。月冈先

---

① 《妙妙龙》是真人与动画结合的电影，主角妙妙龙以动画呈现，它与真人演员常在画面中同时出现。
② 原画是动画设计所画的每个镜头中关键性动态的画稿，凡表示动作的起止及转折时的动态，均属原画范围。
③ 原画与原画之间体现运动过程的画。
④ 日本的资深动画人，曾担任过手冢治虫的助手，参与制作过《铁臂阿童木》。——译注

生也是个天才,难道天才都这样吗?

参观上色部门时,我有幸目睹了难得一见的景象:女员工这不是在给《双枪手米奇》(*Two-Gun Mickey*,1934)和《交响时刻》(*Symphony Hour*,1942)的画面上色吗!而且是直接给《双枪手米奇》的古典画面上色!

"哇,是在重新上色吗?"面对情绪激动的我们,女员工神情冷漠地回答:"不,这是商品。"

据说是把老画赛璐珞上色后拿去卖,东映他们也经常卖那种商品。但迪士尼还是厉害,这类古典作品是绝不会流入迪士尼乐园的。它们似乎会在某家画廊里通过预约限量出售,三张的价格就得要两百美元!卖方市场果然厉害。

我离开的时候,恰巧碰到了因漫画《小小的恋人》而结识的武藤敏子女士。她一直在迪士尼公司工作,担任的是 layout 设计师,最近好像辞职了,在伯班克的高地上买了栋大房子,开始画起了插画。她特别受欢迎,路过的员工频频向她问好。

临近黄昏的时候,员工们陆续离开了办公室,就像下班的工人一样……在企业与艺术奇妙融合的动画界,这番景象着实讽刺。

(《诺亚方舟》第 8 期,1980 年 1 月 1 日发行)

祝贺继承了迪士尼纯正血统的三儿子

去年夏天,我经由千叶湾岸道路驱车开往成田时,发现左手边的远处有座朦胧的灰姑娘城堡。

啊,迪士尼乐园正在修建!

当时的心情跟听到爱人生下了孩子一样。

迪士尼电影是我青春的伴侣,为了追寻伴侣的旧时面影,我如今也在创作动画。《E.T. 外星人》中的斯皮尔伯格大概也一样吧。迪士尼乐园就好像迪士尼电影的儿子,尤其是游乐设施"小小世界",它完全体现了迪士尼主义温暖而天真的精髓。在"小小世界"加入迪士尼乐园之前,我早已在纽约世博会上第一次欣赏过,当时还碰巧遇见了他们的老大迪士尼先生,真是一段最美好的回忆。

因此,迪士尼的三儿子即将诞生在最东边的国家①,诞生

---

① 日本东京迪士尼乐园是世界上第三个建成的迪士尼乐园,于1983年开业,前两个乐园分别建在美国加利福尼亚州和佛罗里达州。

在霖雨、烟雾、交通堵塞之中,这着实令我捏了把汗。它能像美国迪士尼一样华丽破壳吗?

三月中旬的时候,我在园内走了一趟,发自内心地松了口气。太好了,不管让谁看,这都是继承了迪士尼纯正血统的孩子。在园内仰望天空,确实看不到加利福尼亚那般湛蓝的色彩,树木也是临时种上的。演员(工作人员)说的都是日语。但不管哪项表演和游乐设施,都洋溢着超越了年龄的兴奋。这应该会给日本国内各地的游乐园、活动带去巨大的影响吧,我认为意义非凡。

可惜的是,休息日的时候每项表演都排满了长龙,排上三四次人就精疲力尽了。不过世博会、盂兰盆节火车、热门演出都是如此。怎样才能顺畅合理地游览迪士尼乐园,聪明的日本人恐怕会马上找到方法吧。比如大清早入园、尽早参观人多的地方或有选择性地参观……在习惯之前去上无数次……是迪士尼乐园的力量让人有了进去的欲望。

我也觉得迪士尼乐园是个充满了陌生同好的地方。有几分之一的客人明显是迪士尼的影迷,也就是同好。所以在园内闲逛,边喝茶边讨论迪士尼,转眼就能亲密起来。我期待未来园内能出现这样的交流。与美国迪士尼乐园一样,同东南亚等国外游客的交流也将成为东京迪士尼乐园的重要特征吧。

(《东京迪士尼乐园情报志 Family Entertainment》,1983 年 7 月)

《幻想曲》中对过去与未来的赞歌

自迪士尼制作出世界上第一部长篇动画作品《白雪公主》以来,时间已过去了五十年。在五十年的岁月间,动画界取得了长足的进步。在某种意义上,世界各国既出现了超越《白雪公主》的作品,也创作出了若干史诗级名作。

不过,迪士尼有两部作品仍让大多数人望尘莫及,那就是《木偶奇遇记》和《幻想曲》。

这两部作品制作于《白雪公主》大获成功的二十世纪三十年代末期,即迪士尼的鼎盛期。它们堪比贝多芬"杰作之森"[①]时期的作品,甚至可以冠上迪士尼最佳作品的名号。为什么是这两部呢?抛开内容不说,多亏了迪士尼员工在技术上投入了大量心血,用尽了一切动画技术,才有了如此豪

---

① 原文为"傑作の森",罗曼·罗兰把1804年贝多芬完成《英雄交响曲》后十年间创作的作品群,评为"杰作之森"。贝多芬在此黄金期发表的乐曲有《命运交响曲》《田园交响曲》等,数量和完成度达到其一生创作乐曲的半数。

华的实验作品。而且很长一段时间过去，动画专家们才明白《木偶奇遇记》中复杂细致的做法是如何完成的，但《幻想曲》至今仍有几处让人不明白其制作方法。该片的制作过去了四十七年，它的技术依然谜团重重，实在令人惊异。然而，它无疑是由喜爱动画的热情艺术家于近半个世纪前制作的作品，而且至今仍未被超越（说不定以后也是），这证明《幻想曲》着实是一部伟大的实验作品。

我是一名动画创作者，总忍不住把技术放在内容前面，这里就顺便提一提《幻想曲》领先世界的三个实验吧。

第一个实验，这部电影的声轨采用了立体声。二十世纪三十年代的电影自然没用过这门技术，但本片的形式是音乐会，迪士尼为了让音乐本身经得住鉴赏，开发了配有七张录音盘和三十个扬声器的录音机。只有少数影院在上映时安装了这种立体声音响。迪士尼过于超前了。他原本还准备把本片做成宽银幕制式放映，无奈耗钱太多，于是放弃了。

第二个实验，尝试让真人与动画角色共同表演。迪士尼在年轻时创作过一套"爱丽丝系列"的动画，里面将真人少女与动画动物合成起来，虽然少女在与动画角色一同表演，但当时的技术实在无法让二者组合在一起。

不过，在《幻想曲》的《魔法师的学徒》中，指挥者斯托科夫斯基（Leopold Stokowski）与米老鼠进行了对话与握手，米奇还扯了扯斯托科夫斯基的衣摆。当时的其他电影人,谁能想得出这样的技术啊!迪士尼的梦想惊人地实现了,可以说,这促成了后来《南方之歌》(Song of the South,1946)、《欢乐满人间》(Mary Poppins,1964)中演员与动画角色的共演。

第三个实验,是让动作与曲子的节拍完全配合起来。说得难听点,合拍得简直有些诡异。把声音分解,使之与胶片的每一格对应起来,这种做法专业术语称之为定音(spotting,另译定点),如今稍微精致点的动画都用到了定音技术。因为它,动画角色得以随音乐起舞、嘴型与台词一致。迪士尼在《白雪公主》《木偶奇遇记》中大量运用了这门技术,小矮人的舞蹈和匹诺曹的歌唱都与声音完美结合。而《幻想曲》把它贯彻到底,除了结尾的《圣母颂》,其余的曲子都进行过分解,与动作配合得天衣无缝。在当时,哪部动画的角色能如此忠实地随曲子活动?看看《田园交响曲》的酒神场景里驴子嘶叫的搞笑画面吧。乐器巴松管的喃喃低鸣刚好成了驴子出洋相的声音——如果光听曲子,可能会错过这一点。迪士尼的员工们就是把声音拆分得如此细致,并配上了相应的画面。

下面写写内容方面。《幻想曲》基本上是迪士尼动画(譬如《糊涂交响曲》)的延伸。在当时的动画中,人物、花朵、虫子起舞喧闹的设定并不算划时代的新颖创意。正如詹姆斯·泰勒（James Taylor）所言，大部分画面都是符合三十年代观众喜好的古典风格。

而且对曲子的理解也都是迪士尼的个人听后感，有些人或许会觉得十分牵强，不合胃口。事实上，著名音乐家中有人这样说道："听《田园交响曲》时，脑海里无论如何都会浮现出《幻想曲》中的飞马和精灵，迪士尼给我下了无药可解的毒。"的确，《幻想曲》在内容方面毁誉参半，缺点是八支名曲的影像（image）十分混乱，缺乏统一感。

然而直到今天，每当《幻想曲》重新上映时，年轻人都会赞不绝口，它一直保持着名作的生命力。这是为什么呢？

十几年前，对一切现有文化不闻不问的嬉皮士在看到《幻想曲》后，高声大喊："这才是我们的电影！迪士尼描绘出了吸大麻的幻觉！"能让他们也产生共鸣的《幻想曲》，究竟魅力何在？

简而言之，八支名曲各自的影像大概是对人类文化的怀念与展望。例如在斯特拉文斯基的《春之祭》里，迪士尼完整描绘了地球的太古时代，以令人警醒的方式呈现出恐龙的灭亡。在《胡桃夹子》里，古典的精灵们翩然起舞。《魔法师的学徒》充满了风靡魔法的中世纪的哥特氛围。而《荒山之夜》风格狂乱，仿佛启示录中的世界末日。《圣母颂》则体现出每一位虔诚基督徒向上帝祈求救赎的愿望。

这些主题乍看之下非常古典,但在二十世纪末的今天也完全适用,这正是《幻想曲》能一直得到观众肯定的原因。

在此意义上,《幻想曲》的内容可谓是献给过去与未来的赞歌,我认为它足以算作美国电影留给二十一世纪的少数几部历史知名影片之一。

(《幻想曲》场刊,1987年8月29日发行)

领跑新类型的电影——《电子世界争霸战》

1982年七八月号的《美国电影》杂志刊登了有关华特·迪士尼的有趣寓言。上面配有插画，模仿了《白雪公主》的旁白，内容大致如下：

"很久很久以前，有一个地方有位叫华特·迪士尼的男子，他修建了一座神奇的王国，立志为所有家庭制作电影。其中有《白雪公主》《幻想曲》《欢乐满人间》……"而且插画上有一群欢欣雀跃的孩子正走向象征着迪士尼乐园的城堡。

"一天，令人难过的事情发生了。迪士尼去世了。"这里配上了米老鼠等角色在他墓地旁哀悼的剪影。"时过境迁，沉迷摇滚、毒品与性的孩子们把迪士尼工作室捣为荒地。"插画上的孩子们绷着脸离开了迪士尼乐园。

"随着时间的流逝，新的统治者意识到了时代的改变。他盼望迪士尼王国的再次辉煌，于是创作出了《电子世界争霸战》(*TRON*，1982)。"结尾的插画是施工队正在把王国修缮得更加美丽，孩子们则在偷看施工现场。

当然这只是个比喻，换言之，最近的迪士尼电影的确在改变，特别是从《电子世界争霸战》的发布可以得见。《电子世界争霸战》的登场正符合"起死回生"一词。

说实在的，迪士尼电影最近的衰败样儿简直惨不忍睹。《黑洞》(*The Black Hole*，1979)等科幻片完全是赶潮流，远不如从前的《海底两万里》；本应值得纪念的第三十部长篇动画《狐狸与猎狗》[①]辜负了众人的期待，它不过是《小鹿斑比》的翻版罢了。勉强引起世界轰动的《救难小英雄》虽是部值得留名的佳作，但它也不敢冒险，未能突破迪士尼原有的风格。

迪士尼电影的特长，在于它能提供一种健康的刺激，令全家老小都乐在其中。虽然有适当的暴力和色情，但在针对特定观众层，尤其是仅限年轻观众的作品中，他们绝不会加入这类成分（即使在《电子世界争霸战》里，迪士尼也坚持如此）。然而1970年以后，世界各地都出现了家庭制度的崩塌与远离电影的年轻人，而将两者维系起来的年轻电影人掀起了新的浪潮，使得迪士尼风格彻底沦为过去（当然，也有斯皮尔伯格这类把迪士尼风格当掌中宝的继承人）。迪士尼电影的领导层相当保守，这一点很致命。

---

① 一般认为1981年的《狐狸与猎狗》是迪士尼公司制作的第二十四部长篇动画。

其实,《电子世界争霸战》并非一部完全诞生于迪士尼工作室的作品,而是从外面带进来的项目。眼下,电子游戏正试图抓住孩子们的心,用 CG 创作娱乐电影的风潮正在各地大学的研究室、电脑从业者间兴起。唐纳德·库什纳(Donald Kushner)与史蒂文·利斯伯杰(Steven Lisberger)敏锐地把它们融入创意中,适时地带进了迪士尼。我很想夸句他们有先见之明,但如果时代需要这样的趋势,那各地几乎能在同时提出相同的企划,因此是飞速兜售创意的两人和难得投机一回的迪士尼抢占了先机。话说回来,三十一岁的利斯伯杰在《电子世界争霸战》之前只做过一部动画(而且还中断播出了)[1],迪士尼的领导层竟敢拿几十亿日元[2]的巨资跟他赌一把。迪士尼电影停滞不前所带来的危机感,以及利斯伯杰等人制作的令人耳目一新的两分钟样片,成了《电子世界争霸战》诞生的契机。

《电子世界争霸战》中的 CG 部分不愧由美国最强研究所花巨资制作而成,铺天盖地的震撼画面叫人不得不甘拜下风。但实际上,纯 CG 的画面不足三十分钟,其余主要是把真人演员与手绘动画巧妙结合起来的特殊摄影。还有三十分钟是

---

[1] 应指《动物奥运会》(Animalympics, 1980),该片分为《冬季奥运会》和《夏季奥运会》两部分,制作完成后前者顺利播出,后者因美国的某些时局问题未能播出。
[2] 据 IMDb 数据,该片预算约为 1700 万美元。

专门给演员表演的，但这部分可有可无。既因为演员缺乏魅力，也因为利斯伯杰作为导演还不够成熟，完全炒不动气氛。

因此，当主角被关进电子游戏的世界后，电影进入了起死回生般的精彩段落，随即拉开序幕的光电摩托赛场画面令人屏住了呼吸。不过，这里追赶主角的激光坦克、电子航母都不如想象中的有立体感，看起来就像简单的动画影像。另外，背景CG也有些扁平，缺乏层次感。如果利斯伯杰导演想做出三维感，应该能做出来，但为了营造出棱角分明的感觉，他故意选择了这种方法，也就是强调电子游戏世界的氛围。这么一看，原来如此，效果的确非常独特。

后半程最让人大开眼界的，恐怕是MCP（Master Control Program，主控程序）的全貌以及在里面旋转的怪脸（如此冷酷讨厌的脸也蛮罕见了）。特效导演理查德·泰勒（Richard Taylor）也透露MCP的影像化是最麻烦的地方。这里插入了一段色彩绚丽的场景：主角们接近MCP时乘坐的工具仿佛太阳帆船的透明翅膀，看起来如海洋雪①和蒲公英冠毛一般美得难以形容，暮色的天空，地面似泡沫般起伏，如梦似幻，很是好看。此前全是些直截了当、风格犀利的场景，而这些漂亮的画面足以缓解前者造成的视觉疲劳。

总之，《电子世界争霸战》是一部视觉盛宴，像《星球

---

① 在深海中，由有机物所组成的碎屑像雪花一样不断飘落，这种物质被称作海洋雪。

大战》那样讨论故事也没有意义。由此看来，在动画中首次导入声音与色彩、在《幻想曲》中引入立体声音响设备、在《旋律》(Melody, 1953) 中挑战流行 3D 电影的迪士尼电影，在面对被称为"影像革命"的 CG 时，那股势在必得的斗志与努力足以收获大片喝彩（准确来说，《电子世界争霸战》不是纯粹的 CG 电影，而是应用了 CG 的特效真人电影）。话虽如此，迪士尼电影头一次做出了仅面向电玩青少年的作品，而把成年观众放在了次要位置，这实在令人惊讶。

随着《电子世界争霸战》的火爆，这一类型的电影或许要不了多久就会泛滥起来。可是看着《电子世界争霸战》，我愈发觉得它与席卷电影界的先例——西尼玛斯柯普（CinemaScope）[①]性质不同，所以应该慎重对待这件事。即便处在科幻电影的黄金期，也不能滥用技术提升效果，不光风险大还会耗费巨额资金，最重要的是那样太过冰冷，缺乏人情味儿。在超凡脱俗的美丽中，CG 电影拥有的特性的确与电影的温暖、人类的亲密背道而驰。因此反复观看时容易引发排斥反应。

即使这一类型最终会沦为一种流行，但引领先河的《电子世界争霸战》仍是一部名垂影史、值得观赏的电影。

（《电影旬报》，1982 年 9 月上旬号）

---

① 一种宽银幕系统，出现于 1953 年，常见的画幅比为 2.35∶1。——译注

《谁陷害了兔子罗杰》的魅力（一）

有段时间，为了防止电影萧条，好莱坞曾流行由大明星同台竞演的大作。比如伯特·兰卡斯特对阵巨星加里·库珀（Gary Cooper），二人共演了《黄金篷车大作战》（*Vera Cruz*，1954），伯特还与柯克·道格拉斯（Kirk Douglas）合作拍摄了《龙虎双侠》（*Gunfight at the O.K. Corral*，1957）。这种大明星主义最终发展出了一线明星齐聚一堂的全明星电影，比如一系列惊悚片、类似《最长的一天》这样的战争片。但是，米老鼠和兔八哥两位动画明星同框竞演，恐怕谁都想不到吧，就算想到了，也没人相信能做出来。

其中的原因复杂多样，但最大的障碍莫过于动画主角的权利问题。动画角色都有各自的著作权跟版权，特别是玩具、食品、服装、书籍等商品上的动画角色，角色制造厂商都与商家签订了详细的合同，从中产生巨大的利润。因此把自家角色借给别人的电影会发生复杂的权利关系问题，与人类明星的竞演不同,这从一开始就近乎天方夜谭。所以迪士尼归迪士尼,华纳动画归华纳动画,只要各自的所有者坚守版权,米老鼠与兔八哥便不可能同台竞演。

然而,迪士尼公司居然大胆地提出了这一梦幻般的企划——"让迪士尼旗下的明星与大力水手波派、贝蒂娃娃、兔八哥、菲力猫齐聚一堂,做一部全明星电影吧!"该企划诞生于1980年初,不知能否实现这个棘手企划的迪士尼公司,向全美拥有动画角色版权的公司发起攻势。

迪士尼公司是企划提出者,米奇、唐老鸭、高飞、白雪公主、小飞象等明星当然能全部免费使用。而拥有兔八哥的华纳兄弟能欣然应允简直太惊喜了。这下达菲鸭、猪小弟,还有那个闹哄哄到处跑的BB鸟就能同台表演了。另一方面,拥有大力水手波派和贝蒂娃娃的版权公司国王影像企业(King Features Syndicate),只同意把贝蒂借出来。至于波派,因为当时其他动画公司正在制作波派的电视电影,最终没能借到。华特·兰茨制作公司(Walter Lantz Productions)借出了叽叽喳喳的人气角色啄木鸟伍迪,米高梅则借出了名叫德鲁比的狗狗角色。至于米高梅的顶级明星——大家熟悉的汤姆与杰瑞因为一句话也不能说,所以本片没有用到它们。此外,菲力猫也拿到了授权。

然而,光是借来的角色就已经相当难搞了,有点像东映动员东宝、松竹的员工来制作《忠臣藏》一样。即使有主角、配角之差，各个动画角色也要有自己的精彩戏份，必须让各家影迷心满意足，因此是个非常棘手的企划。

但老实说，迪士尼公司在企划之初，并没有完成这部大作的自信，何况还需要庞大的资金（当初的预算为2750万美元）和大量的技术开发。不过，迪士尼工作室的主席杰弗里·卡岑贝格（Jeffrey Katzenberg）①刚刚上任，是他发出了前进的号令："虽然不知道能否成功，但我明白这是一场完全超前的实验。迪士尼公司还是有能力一试的！"

1982年，迪士尼带着这个企划找到了罗伯特·泽米基斯（Robert Zemeckis）。泽米基斯当时似乎果断拒绝了。作为一个刚满三十岁的新人，他说："现在的迪士尼怎么可能冒这样的险？"但三年后，迪士尼又去找斯皮尔伯格，斯皮尔伯格这才说服了泽米基斯做导演。

当时的企划已经确定了真人与动画合成的框架。

泽米基斯认为："在真人表演中加入动画的电影有很多，但每一部的动画部分都轻飘飘的，醒目且突兀，盖过了真人部分。"他说："所以我觉得制作时必须以真人为主、动画为辅，把动画低调而克制地加进去。"

而最大的问题是，动画真的能画得与真人完美结合吗？

众所周知，电影胶片每秒由二十四格构成，每格是一点

---

① 杰弗里·卡岑贝格于1984年至1994年担任迪士尼工作室主席，离开迪士尼后，成为梦工厂动画的联合创始人兼CEO（首席执行官）。

一点变动的画面,因此动画也理应需要为每秒画二十四张画,然后花时间一格格地拍摄下来。

不过,迪士尼明白把一张画用作两格——每秒十二张画看起来也是在动。为了节省画画的工夫,迪士尼把这种方法用在了所有地方(只有日本采用一张画用作三格、每秒对应八张画的方法,这样更省时省力)。①

但说到真人电影,它不可能跟动画一样一张画持续几格,而是每一格都在动。二十四格的每格全是略有不同的画面。所以,当要把动画与真人合成起来时,动画必须配合真人画面画上相同的张数,即每秒得有二十四张不同的画。

每秒十二张的动画一旦变成每秒二十四张,经费自然也会成倍增长。况且,迪士尼公司也没有那么多能实现这项技术的资深动画师。因此,泽米基斯果断地认为:"这部电影光靠迪士尼公司还不行。"于是,制片人不得不另行寻找懂这门技术的资深动画师。被选中的便是英国的理查德·威廉姆斯(Richard Williams)②。

---

① 一张画拍一格的制作方法被称为"一拍一",拍两格为"一拍二",拍三格为"一拍三"。画面中角色动作的连贯性、流畅度依次变弱,动作造型的醒目感依次变强。全动画一般采用一拍一或一拍二的方式,有限动画则可能选择一拍三的方式。
② 出生于加拿大,担任《谁陷害了兔子罗杰》的动画导演,并设计了罗杰和杰西卡的角色形象,还曾为《粉红豹回归》(*The Return of the Pink Panther*, 1975)、《粉红豹:活宝》(*The Pink Panther Strikes Again*, 1976)制作动画部分。

日本很少有人知道他，但说起"粉红豹"这一角色，或许会有人反应过来。他主要制作广告动画，是英国首屈一指的动画家，也制作过大量的实验动画，还得过奥斯卡奖。

起初理查德·威廉姆斯没什么兴趣，在见过导演泽米基斯、经过查克·琼斯（动画家前辈兼兔八哥"生父"）的电话鼓励后，才终于接下了工作。

理查德·威廉姆斯是独立创作者，与受公司束缚的众多动画师有着本质上的区别。所以他擅自把迪士尼的动画师带去看自己的影片时，公司那群死板的董事才会大发雷霆。最后全靠工作室的新主席卡岑贝格安抚了他们的情绪。

泽米基斯导演感言："总之古板的迪士尼是不可能完成这部作品的，在这一点上，卡岑贝格先生理解能力强，而且有决心，对什么事情都很负责。"

另一方面，斯皮尔伯格也为本片寻找了实拍部分的主角，即真人演员。

要想让电影火爆，请大明星来演最为保险。保罗·纽曼（Paul Newman）与哈里森·福特（Harrison Ford）都得到了提名。然而，他们片方最终选中了演技更好的鲍勃·霍斯金斯（Bob Hoskins），实际上是出于如下原因："在本片中，人类会与动画角色一同动起来——这需要大量同步的动作。譬如跌倒、碰撞——人类得跟动画一样活蹦乱跳。我们不可能让大牌明星这样做，万一把他们弄伤，后果将不堪设想。事实上，鲍勃·霍斯金斯也蛮惨的。他与罗杰兔在办公室里打闹时,被抽屉弄出了淤青。因为他表演的时候非常卖力。"诚如泽米基斯所言,对演员来说,这是一项辛苦的体力活儿。毕竟霍斯金斯身上绑着威亚,又是被扔出去,又是撞破了墙壁。不过,霍斯金斯从高楼坠落的场景当然是假的,实际拍的时候是"用威亚吊住演员,再用风扇营造出衣服飘扬的感觉,最后以极快的速度把摄影机拉远"。

令人惊讶的是,动画角色拿在手里的东西,比如手枪、盘子、电话,都不是动画,而是实物,这是怎么跟动画结合起来的呢?例如鲍勃·霍斯金斯进入唐人街的酒吧时,在他身边跑来跑去的是《欢乐满人间》里的企鹅仔,但它们手里端着的托盘、玻璃杯都是实拍出来的。

而且,罗杰兔被从水里拉起来时,嘴里吐出来的水也是真实的水。特效如此精致,物品只会在合成的位置运动,其原理就跟人偶电影的技术一样。只是后期把动画人物加上去,再把"机关"藏起来而已。

动画角色们在好莱坞附近给自己建了一座叫"通城"(Toontown)的小镇,这一设定大概是本作在创意上的最大胜利。影片中的时代背景为1947年,战争刚刚结束。当时,美国还处于种族偏见横行的年代,尽管日本的第二代移民[①]终于

[①] 二战时期,美国对日本宣战时,日本人赴美国的第二代移民被当作敌人强制关进了收容所。——译注

从收容所里放了出来，可小东京（Little Tokyo）[1]的凄凉模样叫人目不忍视，黑人阶层在明显的歧视中受人任意差使。通城的居民们也被真实人类以区别的眼光看待。他们是二流市民，拥有独立的法律与无视重力的法则。主角罗杰虽是只兔子，却有一位美丽的（动画的）人类老婆，但如果以为兔子与人类相爱结婚的情况在这个镇上司空见惯，那可就错了。

基于这独特而新颖的创意，作品中的动画角色都是1947年左右在美国走红的角色，因此全是些怀旧老明星，粉红豹、瑜伽熊、脱线先生等新秀都没有出现。但这不影响它是一部佳作，因为黑白电影时期的明星也以黑白色出场了。贝蒂娃娃是战前的动画明星，她以黑白色的形象出现在色彩缤纷的酒吧里，抱怨道："（卡通）变成彩色之后，（我的）工作就变少了……"真叫人忍俊不禁。

这类怀旧趣味数也数不完，就举一个公认的地方吧。坏蛋法官杜姆来到罗杰藏身的小酒吧，大喊："兔子在不在！"随即有几位客人回答："啊，我看到了！"此时，观众都捏了把汗，担心罗杰会被发现。接着一位客人不失时机地说："哈维我倒是看到了！"[2]逗得人捧腹大笑。

"哈维"是只大兔子的名字，出自当年一部火爆纽约的戏

---

[1] 小东京是位于洛杉矶的日本城。——译注
[2] 片中此处只有一位客人应声："我看到了兔子，他就在酒吧里……（扭身搂着虚空处）来吧，打招呼，哈维兔子！"

剧，戏中只有一名男子能看见哈维，他总是对着空气讲话，仿佛哈维在自己的身旁一样。该戏剧由亨利·科斯特导演改编成电影[①]，昭和三十年（1955年）的时候在日本也上映了。詹姆斯·斯图尔特（James Stewart）在片中饰演该男子，用滑稽的表演逗得观众哈哈大笑。哈维岂止是看不见，根本是不存在，所以知道这个名字的影迷在发现"我看到哈维了！"的笑点后，恐怕会大笑起来吧。

通城里被借到好莱坞制片厂的动画角色都排满了工作。其中在制片厂搞卫生的扫帚君尤其搞笑。它出自《幻想曲》之《魔法师的学徒》，是一把能自己汲水的魔法扫帚。从主角身旁走下楼梯的，也是《幻想曲》之《时辰之舞》里的河马独舞者。[②]此外，有镜头拍到了一长队牛，它们都在迪士尼作品中出现过；克拉贝尔（米老鼠作品里登场的牛大婶）一开场就巧妙地混了进来，唯独她几乎被描绘成了黑白色。

坏蛋法官杜姆手下的动画黄鼠狼也非常好玩。它们是迪士尼长篇动画《伊老师与小蟾蜍大历险》（*The Adventures of Ichabod and Mr. Toad*，1949）中的反派黄鼠狼，本片未在日本上映，但战后不久便登上了美国银幕，淀川长治先生初访好莱坞时，看到的第一部战后迪士尼电影实际上就是这部作品。

---

① 即《我的朋友叫哈维》，IMDb显示在日本上映于1952年。
② 片中制片厂的老板有句台词："我从迪士尼借来了小飞象和《幻想曲》一半的演员。"

鲍勃·霍斯金斯饰演的侦探在进入通城、穿过隧道后，映入眼帘的便是迪士尼《糊涂交响曲》中的大道。当年的迪士尼似乎是混合了水彩颜料与白色颜料来绘制动画背景的，理查德·威廉姆斯在这里特意用到了这一手法。而路边的行道树居然是《花与树》(*Flowers and Trees*，1932)中的角色，该片作为迪士尼的首部特艺彩色(Technicolor)动画①，是当时的大热之作。如此用心良苦，都到了发烧友级别，仿佛是在表达"懂的人自然会懂"。

鲍勃·霍斯金斯准备坐电梯时，电梯员是狗狗德鲁比，此处安插了它的特色笑点——虚无主义。而为德鲁比配音的，正是动画师理查德·威廉姆斯。顺便一提，给贝蒂娃娃配音的是她的原版配音演员梅·奎斯特尔(Mae Questel)，贝蒂迷一定觉得特别怀念吧。像这样，本片对每一部动画里的角色都全力地安排戏份，随便看看也能收获乐趣，而考据党睁大眼睛去挖掘，也能发现无穷的趣味。

但说到底，本片最大的难点还是如何让真人演员与动画角色对话、共同表演。因为实拍的时候动画角色并不存在，霍斯金斯等演员只能盯着空气，假装动画角色就在面前。霍

---

① 1929年特艺公司的双带式摄影机因录制画面的色彩失真而未受到大制片厂的青睐，1932年新开发的三带式摄影机修正了色彩准确度，迪士尼最先发现了这一优势，将《花与树》已完成的部分黑白段落推翻重制为彩色版。此后《糊涂交响曲》系列影片采用全彩色制作，动画业界迈向视觉造梦的新阶段。

斯金斯看罗杰的眼神仿佛后者离自己不到一米远，完美地展现出了眼神上的演技。这部戏应该很难演吧，毕竟人类的眼睛不习惯凝视一无所有的空间，视线无论如何都会聚焦在背景上。据说泽米基斯导演会选择鲍勃·霍斯金斯担任主角，也是被他那种能把视觉焦点集中在虚空之处的能力所打动。

写了这么长，这部电影能在美国大热，归根结底是因为它集结了大量的技术人员与艺术家，他们也在这个新创意上投入了最大限度的热情吧。的确，出于商业利益制作的作品，即便构思、故事、服务性等方面都很出色，可就是让人感觉不到热情。《谁陷害了兔子罗杰》不过是一部侦探片，一种奇特的喜剧，却在内里满溢着创作者把人生献给电影的热情。就这一点而言，在日本电影总体停滞不前的现在，该片不是有很多值得我们学习的地方吗？

（《谁陷害了兔子罗杰》场刊，1988 年 11 月 26 日发行）

《谁陷害了兔子罗杰》的魅力（二）

很早以前便有传闻称迪士尼正与斯皮尔伯格携手合作。如今谜底揭晓，原来是一部真人合成动画的作品《谁陷害了兔子罗杰》。我心里的第一感想是："又是迪士尼拿手的合成啊，挺明智的选择。"

后来，听说导演是罗伯特·泽米基斯，我心中又产生了期待感，觉得这下有看头了。

实不相瞒，从小学开始，我就被奇怪的幻想缠身。比如我和自己笔下的漫画角色漫步银座，在路人惊讶的目光中，我们得意扬扬地交谈。

我认为，正是这种泛灵论的梦想，让我走上了动画之路。

中学四年级时，我画了一部叫《失落的世界》的漫画（当然是试验作）。其中有一幕，是象征我分身的胡子老爹侦探与机器兔边聊边走。尽管是昭和十九年（1944年）的作品，但我想靠它来实现儿时的幻想。

话说回来,《谁陷害了兔子罗杰》也是人类侦探与动画兔子四处奔波的故事。尽管是偶然,但斯皮尔伯格完全继承了我的幻想画面,我嘚瑟一下也可以吧。

不过,《谁陷害了兔子罗杰》中的兔子,和我笔下圆润的机器兔有着本质上的巨大差异。罗杰的性格轻佻而脱线,人格——不,应该是兔格——低下,痞里痞气。如果同行者是这样的家伙,连我都想敬而远之。其实,本片的侦探埃迪·瓦利安特(鲍勃·霍斯金斯饰)起初也拒绝与这只脱线的兔子待在一块儿!他试图用武力把兔子赶走,可兔子与侦探被手铐铐在一起,二人只得像《逃狱惊魂》(*The Defiant Ones*,1958)①中的托尼·柯蒂斯(Tony Curtis)他们一样四处奔波。

但是,这只名叫罗杰的兔子其实随时都能把手抽出来,可为了保命,他佯装不知地紧跟着侦探。这精明的举动显然与兔八哥如出一辙,因此罗杰兔的一举一动都十分欢脱,像极了华纳的短篇动画。而真人侦探也得跟着一起欢脱,整部电影都欢脱得要命,充满了曾经的惊险打斗戏②的氛围。

有人问过泽米基斯:"这明明是迪士尼电影,为什么要拍

---

① 日文片名为《手錠のまゝの脱獄》,直译为"戴着手铐越狱"。片中托尼·柯蒂斯和西德尼·波蒂埃饰演了两位肤色不同的囚犯,两人被手铐锁在一起,一同踏上逃亡之路。
② 原文为"連続活劇"(serial or cliffhanger),二十世纪早期流行的一种电影形式,指一组片长一二十分钟、以打斗等动作激烈的场面为中心的短篇电影,每周上映一部,约十五部完结。也可算作现在连续剧最早的起源。

成华纳风格的闹剧呢?"这时，他回答道:"因为迪士尼的长篇动画都是童话风格，短篇动画的动作戏又很一般吧?所以我拍成了华纳短篇的风格。"他的判断是对的。如果本片做得跟迪士尼的《欢乐满人间》一样温和，趣味性无疑会降低一半。

实际上，负责本片动画部分的英国动画师理查德·威廉姆斯坦言，自己特别讨厌《欢乐满人间》。他说:"泽米基斯找我合作真人与动画的合成电影时，我的想法是，假如要制作《欢乐满人间》那样的片子，我就打算拒绝。"

当时的泽米基斯也认为，以迪士尼电影迄今为止的技术，是无法做出好作品的。一次，他选中了制作独立动画的威廉姆斯，二人见了一面，聊着聊着发现彼此意气相投，于是产生了"这么做行得通!"的自信。

我在发行公司的宣传部看到胶片的一部分时，第一个想法是:"什么，赛璐珞部分还涂了影子，这样不就只能让画面看起来比较立体而已吗?这样就算是与真人合成，也无法完美融合啊。"老实说我还挺不屑的。

然而看完全片，我大吃一惊。真的有实际存在的感觉，明明只是把赛璐珞画加上去了而已。动画角色进入真实物体的影子下面时，只有阴影中的部分会变暗。在夜景中，角色本身也会融入黑暗。而且动画角色手里拿的东西全是实物。

泽米基斯说："一般的合成动画，只有动画轻飘飘的，削弱了真实人物，但本片以动画为辅，为了避免动画显眼而下了一番功夫。"他说得完全没错。

而且，投在动画角色身上的影子，都不是手工绘制的。这些影子似乎是在卢卡斯的工业光魔（ILM）工作室里，通过电脑用精密的技术添加而成的，所以看起来很有真实感。我起先都不知道这个情况。可以说，影片成功的一大半都归功于这门技术。

泽米基斯与威廉姆斯满怀信心，制作时灌注了异乎寻常的热情，精神实在可嘉。

相比之下，日本的动画又如何呢？

可以说动画产业已走入死胡同。技术依然是旧迪士尼的延伸，内容让人感觉深奥而不知所云，但这哪里是故事，不如说是剧画。大家沾沾自喜，都做过头了。事实上，现在的动画公司正陆续倒闭消失，动画人也在减少。因为人们看腻了十年如一日的动画。

《谁陷害了兔子罗杰》虽不是动画的巅峰，但无疑是个突破口。日本与国外对动画的思路不同，发展的热情也不同，国外企业面对风险时的果断相当了不起。

《谁陷害了兔子罗杰》的确是一部欢脱的喜剧，没有正儿八经的主题。不过，它拥有至关重要的创意：动画角色们集体住在名叫"通城"的小镇上，真实人类从这里借出优秀的角色,在好莱坞制作动画。这点子真不错啊。所以动画明星(比如米奇、贝蒂、啄木鸟伍迪)自然都是"通城"的居民,兔子罗杰也是这里的特技演员。而且人类在对待这些动画角色时,似乎有种族歧视的态度——这也是个很好的创意。因此,小镇中挤满了老动画的角色。这种复古的感觉太棒了。

贝蒂娃娃过气后开始在酒吧里卖花[1],外表是她当红时期的样子,还用原版的声音哼唱"Boop-Oop-a-Doop",这一幕真是催人泪下啊,筒井康隆先生[2]。

无论如何,这都是迪士尼电影近期的一次壮举,它唤醒了迪士尼动画,我觉得应该也能给走入死胡同的日本动画提个神。不过,就算跟有意向的赞助商说"我们也要做这样的合成片!",那也不是一朝一夕能做出来的。

(《电影旬报》,1988 年 9 月下旬号)

---

[1] 片中贝蒂娃娃在酒吧卖的是香烟和雪茄。
[2] 筒井康隆著有《ベティ・ブープ伝―女優としての象徴 象徴としての女優》(《贝蒂娃娃传——作为女演员的象征 作为象征的女演员》),是一本随笔评论集,出版于 1988 年(中公文库)。

这次又是迪士尼

我见到迪士尼,是在他去世的两年前,即1964年。虽说是见到了,但也只是不到一分钟的谈话。他是我终身的心灵导师,如果没有那次机会,他大概永远都是我遥不可及的。当时,那位头发斑白、满脸皱纹、略微驼背的年迈伟人紧紧握住了我的手。那是在纽约世博会人偶馆的开馆仪式现场。人偶馆的参展项目是"小小世界",后来它转移到了迪士尼乐园,在最偏僻的地方依然吸引着客人。站在这个展馆前,我感到那天的一分钟有如十小时般漫长,令我分外怀念。

但凡看过我的画,应该就不用我赘述自己对迪士尼的痴迷了。现在,我有《白雪公主》《木偶奇遇记》《幻想曲》等早期长篇作品和一些短篇作品的胶片作为研究资料,即使反复观看这些四十多年前的作品,仍会不住地赞叹他的伟大。可同时,相比迪士尼电影,现在的孩子更偏好时髦的电视动画的主角,想到这里,我就觉得遗憾而悲哀。

有不少远比我痴迷迪士尼并以此为傲的人，铃木伸一先生便是其中之一。我因为"Picolet"①的广告认识了这位动画创作者。他给据说是迪士尼亲信的"九老"的每一位都写过信，收到了他们的签名与画作，还积极推荐他们来日访问，来的话他将主动担任接待委员长。今年，弗兰克·托马斯、奥利·约翰斯顿两位从《白雪公主》开始就参与制作的资深动画师来到日本时，他也抛下工作，为接待与讲座企划四处奔走。当一切结束后，参会者们放松下来喝茶时，他感慨道："跟做梦一样……真的跟做梦一样……《白雪公主》的画师们是我年轻时便向往的人，没想到能有机会接待他们。而且，其中一人的儿子将定居日本，我真是怎么也想不到……"（弗兰克·托马斯的儿子与日本女性结婚，为了婚礼和回娘家而来到日本，托马斯先生也跟着一起来了。）

被誉为迪士尼奇才的沃德·金博尔来日时，铃木先生还一手包揽了他的京都、奈良之旅，我们去美国的时候，他也负责牵线搭桥，助我们登门拜访。金博尔住在洛杉矶郊外的林子里，宅邸附带一座狭长的院子。

说到院子狭长的原因，是里面铺了铁轨，有真正的联合太平洋型蒸汽火车在上面奔驰。这不是模型，是真火车。车库、乡间车站、供水塔应有尽有。车库里甚至停放着老旧的

---

① 一种厕所空气清新剂。——译注

左起依次为沃德·金博尔、手冢、弗雷德里克·肖特[①]（在金博尔家）。摄影：铃木伸一

消防车。金博尔搬来这片土地的时候，隔壁邻居听到突然传来的汽笛声，还大吃一惊地以为房子里开通了铁路。

金博尔也好，约翰斯顿也好，他们会成为蒸汽火车爱好者，我想是受到了他们老大迪士尼的影响——迪士尼本人就是个蒸汽火车迷，自家院子里有模型车行驶。迪士尼电影中米奇、小飞象的动画里有蒸汽火车登场，他们还出过一部关于蒸汽火车的动画《勇敢的火车司机》（*The Brave Engineer*，1950），甚至制作了名叫《火车大劫案》（*The Great Locomotive*

[①] Frederik L. Schodt，美国作家、漫画评论家和翻译家，致力于向美国介绍日本漫画，是手冢治虫的《火鸟》《铁臂阿童木》等作品的英文版译者，著有《漫画！漫画！：日本漫画的世界》（*Manga! Manga!: The World of Japanese Comics*）。

Chase，1956）的故事片。

自 1966 年迪士尼去世以来，往日的迪士尼风格正以肉眼看不见的速度一点点变化。继华特之后，罗伊·O. 迪士尼（Roy Oliver Disney）[①] 也去世了，迪士尼乐园、华特迪士尼公司和博伟影业（迪士尼电影的发行公司）、迪士尼工作室等都变成了由多个经营者合伙经营的模式。比起创作者身份，迪士尼的重点更多地被放在了企业的合理运营上。我也无法断言这究竟是好是坏。

我访问过几次迪士尼工作室，记得十几年前的工作室空荡得像熄灯了似的。那无疑是由好莱坞电影的停滞、缺乏优秀智囊和工作人员所造成的守旧现象。以汉纳－巴伯拉动画公司为首，业内掀起了粗制滥造的电视动画热潮。联合工会的力量致使动画相关人员开支暴增，大家陷入了困境，只得把部分内容外包给国外。遗憾的是，几年间迪士尼影迷都在低声私语迪士尼动画陷入了低迷。不知道第几次去的时候，几乎每间屋子都没有员工，空荡荡的单间格外显眼。我听到解释说是因为企划都在外部进行，目前员工没有工作，连培养动画新人的迹象都没有。

可今天就不同了。自《救难小英雄》火爆以来，迪士尼

[①] 华特·迪士尼的哥哥，两人共同创办了迪士尼公司。罗伊于 1929—1971 年担任迪士尼公司的 CEO，1945—1971 年（去世）担任迪士尼公司的总裁，在任期间负责保证迪士尼公司财务的稳定和各个部门的有效运转。

工作室恢复了活力,久违地招聘了大量新人。世界各地的人们都兴高采烈地前来应聘。按照录用的原则,相比能迅速画出迪士尼风格画作的小聪明型匠人,他们选择了懂得设计的艺术家。

而现在,长篇动画《狐狸与猎狗》也完成了。一位高层告诉我:"这不是以往童话风格的动画,而是一部包含了人生哲学的、有分量的大作。现在要是问我迪士尼作品的代表作是什么,我大概会毫不犹豫地推举这部。"

去年,我有幸第一次参观了迪士尼乐园的后台。那里就像魔术师的机关一样,是绝不能透露给普通游客的秘密。最让人吃惊的是,地下真的存在比地上乐园大好几倍的工厂。有一部科幻电影叫《西部世界》(*Westworld*,1973),里面描绘了机器人游乐园,迪士尼乐园的地下简直跟那个一模一样。蛛网状的地下通道、巨大的电脑机房、复杂精致的人偶内里——完全就是一个科幻宇宙。表面上让人以为是座奇幻美妙的游乐园,实际上游客们被扔进了一个巨大的科技空间。

说起来,如今电脑也正试图给动画带来新的革命。或许再过几十年,迪士尼将名垂电脑文明的软件史。

(《爽》135号,1981年12月1日发行)

阿童木相当于米奇的侄子

我在演讲中经常开一个玩笑："按现实中的岁数来算,阿童木已经三十七岁了。如果是人类,就相当于中年人,但因为他是机器人,所以只能算半旧品……"米老鼠已经六十岁了,如果真是老鼠,恐怕是个老练的鼠怪了……这就是动画主角的好处,即使几十年过去,角色也绝不会变老。

但相对地,画风会发生变化,米奇最典型的变化就是眼睛。1928 年,第一作[①]中米奇的眼睛是一对小黑豆。而且没有白手套,是黑色的裸手。1929 年的时候,米奇戴上了手套,眼睛变得大而细长,尤其是特写的时候,会发现眼睛里加入了高光(美国称之为缺饼状[②])。到 1940 年的十年间,米奇

---

① 指米奇系列首部公开发行的动画短片《汽船威利》(*Steamboat Willie*)。米奇实际第一次亮相的作品是《疯狂的飞机》(*Plane Crazy*, 1928),但该片为小规模放映,当时未公开发行,其中米奇的眼睛有眼白。
② pie-eyed,动画角色的眼睛或瞳孔为黑色(椭)圆形,但形状像去掉了一个切片的馅饼,缺失的切片是径向光反射的简化表现。

的形象变成了我们熟悉的制服装，即黑眼睛、手套、短裤加靴子。

然而1938年……迪士尼在工作室举办了《白雪公主》完工的庆功宴。当时手册的封面上画了一只白眼黑瞳的新形象米奇，也不知是谁画的（有说法称是沃德·金博尔）。在1940年的名作《幻想曲》中，《魔法师的学徒》里的米奇是这一形象初次被公开使用。从此，这张脸被频繁使用，一直到1988年的现在。可是，米老鼠最可爱讨喜的形象，是由1929年开始沿用了十年的黑眼睛加红裤子，我也最喜欢这种。

直到1940年前后，全世界谁都可以盗用米奇，用它做商品或盗版，几乎无法无天。因为当时没有国际版权协会，著作权十分混乱。昭和十年（1935年），浅草的中村书店推出了豪华又讲究的米奇单行本。其实作者是日本一位叫谢花凡太郎的新人漫画家，这种就属于典型的盗版出版物。但是这套书的内容愉快而美好，在当时全世界的盗版米奇书中恐怕算得上第一名，相似到都想送一套给迪士尼本人了。

我让家人给自己买了一套，从此沉迷临摹，这也是我立志成为漫画家的契机。所以黑豆眼的米奇我闭着眼睛也能画出来。可无论米奇朝哪个方向，它的两只耳朵都不会重叠成一只，这一点我是又过了一段时间才知道的。

影响可真是有趣。阿童木无论朝哪个方向，两撮尖尖的头发都不会重叠起来，始终是独立的两撮。因此，阿童木就像继承了米奇血脉的侄子。

另外,米奇的手指通常只有四根,我以前觉得特别不可思议,而且手套的掌心面还开了个洞。小时候的我感觉太奇怪了,于是问父亲:"为什么米奇的手指只有四根?为什么呢?"

父亲不耐烦地回答:"美国人本来就只有四根指头啊,知道了吗?"

"那为什么手套上有洞?"

"那是通风孔。美国人容易流汗,手很热,所以开了洞。"

很长一段时间里,我只给阿童木画四根手指。这一点也是因为深受米奇的影响。

父亲见我给米奇花了不少钱,于是买回了米奇的家庭小电影。昭和初期的小电影放映机大多为手摇式,胶片当然也没有声音。他买回来的是《米奇的火车》(*Mickey's Choo-Choo*,1929)这部关于蒸汽火车的早期作品(竟然有这种胶片卖!),附带了播放声音的唱片。唱片自然是美国版,把唱片放入播放机后,随着画面上的"1、2、3"一同播放即可。

然而,唱片的长度太短了,胶片播到一半的时候就没了。它们在电影的开头和结尾都配合得十分完美,可中间完全没有声音。无奈之下,我们只能把唱片再播一遍。后来,我学会了英语,也看懂了唱片的标题。可恶!这不是卓别林电影的唱片吗!

关于米奇，我有许许多多的回忆，来讲一件好笑的事吧。美国的出版社出了一本介绍米奇的书，里面有张表格记载了世界各国对米奇的称呼。日本是怎么称呼的呢？是"MIKIKUCHI"。米老嘴①是啥？日本怎么可能用这种称呼。我冥思苦想了好久，才解开了谜题。

告诉编辑这个日本名的，肯定是哪个在美国的日本人。编辑八成儿问那位日本人："老鼠的日语是什么？"而那位日本人是个难以辨别S和TH发音的留学生，把MOUSE（老鼠）听成了MOUTH（嘴），于是告诉对方："是クチ（KUCHI）。"就这样，老实的编辑直接写上了"MIKIKUCHI"（米老嘴）。

(《电影旬报》，1988年11月下旬号)

---

① 原文为"ミキ・クチ"，是MIKIKUCHI的假名写法。クチ（KUCHI）对应的日文汉字是"口"。

两部动画——《夕鹤》与《天鹅湖》

不管要花多少年,我都想把歌剧《夕鹤》[①]与《天鹅湖》做成动画。

两部碰巧都是鸟——而且是水鸟的变身故事,但我喜欢这两部乐曲和这些没有关系。特别是团伊玖磨的歌剧,我买了东芝的全曲盘(限量盘),从早听到晚。可惜的是,东京爱乐乐团的演奏有点粗糙,录音技术也不佳,但作为民族歌剧的杰作,今后恐怕再难出现这等水准的作品了吧(我也看了团先生的下一部作品《听耳头巾》,除了最后群舞时的旋律,其余的都不如《夕鹤》)。

[①] 原作是木下顺二发表于1949年的戏剧作品,取材于日本民间传说《仙鹤报恩》。讲述的故事是:农民与平救了受伤的仙鹤,仙鹤变身为美丽的女子阿通,和与平结为夫妻。为了报恩,阿通用自己的羽毛织成珍贵的千羽锦。贪婪的阿惣和阿运挑唆与平逼迫阿通织更多的千羽锦,与平还违反约定,偷看阿通纺织。于是阿通又变为仙鹤飞走了。该作由团伊玖磨作曲改编为歌剧,1952年首次公演。

团先生创作的旋律优美感伤，很容易拍成动画。他好像与横山隆一合作过漫画电影的音乐，总有一天我会缠着木下顺二先生和团先生授予我该作的电影改编权。

我心意已定，兴致勃勃地边听曲子边想象各种画面。告诉别人后，大家纷纷劝说："手冢先生，这不适合你呀。太冒险了，而且还很土气。"可我完全不在乎。

阿运、阿惣两人将京城的事情讲给与平听，与平跟阿通说想去京城时，我打算巧妙地插入京城的主题曲，如此能立刻为乡村的单调淳朴增添几分鲜艳的华彩。画面也得下一番功夫，人物保持原样，仅以色彩为背景，强调颜色的华丽，以此描绘出京城的景象。结尾有晚霞的天空，我打算用豪华绚烂的画卷风格,在故事结束后呈现出撼动人心的美丽。圆谷英二导演曾对我说:"手冢先生,等《奥特曼》《哥斯拉》的热潮过去后,咱们就用特摄加动画的形式把《辉夜姬》做成电影吧。"《夕鹤》且不说制作规模,主题倒是(比《辉夜姬》)现代得多。

关于《天鹅湖》,也是因为我五六年前就一直痴迷柴可夫斯基(尽管比起他那些不分哪国人都能欣赏的作品,我对他忧郁的性格和生平更感兴趣),所以很久以前就想把它做成电影了。

然而,引进的每一部外国电影都只顾着展现精湛的芭蕾舞技(作为电影也是理所当然),却很少有导演把曲子本身的优美体现出来,看得我好不着急。那首已经听腻的旋律,或许能在动画的世界里再度呈现出新的趣味。

虽然我不会像《西区故事》(*West Side Story*,1961)那样把《罗密欧与朱丽叶》改编成现代版,但把《天鹅湖》做成动画时,我也想尝试大幅度的修改。

王子齐格费里德是资产阶级的公子哥儿,厌倦了充满欺骗、虚伪与糜烂的社交界,于是跑去平民百姓之间游荡(很有费德里科·费里尼的风格吧)。权贵人士罗斯巴特经营着一家大公司,天鹅奥杰塔则是在其工厂里干活儿的纺织女工。她每天跟笼中鸟一样没有自由,跟机器人一样被肆意使唤,

直到深夜才能恢复人样。这位女性与公子哥儿陷入了跨越身份的爱情,而权贵罗斯巴特使计想把自己的女儿配给公子哥儿——这样的情节大家觉得怎么样?

无论是《夕鹤》还是《天鹅湖》,只要上演就会盈利。这些幻想剧有什么地方吸引了观众呢?

如果让我用一句话来概括,便是因为故事中的弱女子都受到了露骨且野蛮的压迫。这是一种被虐狂的象征剧。奥杰塔在罗斯巴特的鞭打下忙得不可开交,阿通被与平剥光衣服仓皇而逃。即使今天的主妇、白领、女学生已变得十分强大,她们可能依然对这类受虐的、自我牺牲的剧情没有抵抗力。

不,比起这些,全篇如宝石般动人的熟悉旋律,恐怕早已无条件地打动了她们的心。

身为制作者,我想抓住这群女性观众;身为画家,我已经燃起了把曲子拍成影片的满腔热情。无论如何,我都要把它们做成动画。

(《音乐之友》,1966 年 11 月号)

《指环王》万岁

去年三月,我因为某电视台的节目采访而前往好莱坞进行现场报道。事情必须从这里说起。杰克·莱蒙(Jack Lemmon)、伯特·雷诺兹(Burt Reynolds)等大腕纷纷回应采访,但最早同意在工作室见面的是拉尔夫·巴克希。

恐怕大半读者都会疑惑:有这个演员吗?实际上此人是动画师,是仅次于华特·迪士尼的一位伟大的长篇动画创作者。他有自己的公司,手下有几十名员工,但出道后从不理睬什么电视动画和短篇动画,只制作在剧场放映的长篇动画。或者说,他只做自己想做的电影。

为什么说他这样很伟大呢?众所周知,做一部长篇动画不仅要花上几十亿日元,而且即便做自己想做的,电影公司也不一定发行。十多年来始终致力于制作有风险、没保障的长篇动画,巴克希实在伟大。美国也有些像汉纳-巴伯拉动画公司这样的大型公司,拥有上百名员工,却净做些小气巴拉的电视动画，让美国的动画迷来说，这种公司根本一文不值。无论如何，还是迪士尼、拉尔夫·巴克希更好。

话虽如此，读者当中没看过巴克希长篇动画的人大概占了多数。

不知各位知不知道，在海洋博览会举办不久前，有一部以冷漠空心猫①为主角的长篇动画《怪猫菲力兹》(*Fritz the Cat*, 1972)②上映了。遗憾的是，这部风趣且充满了巴克希风格的长篇动画在日本完全不受待见，上映十余天便下档了。

毕竟这部动画太出人意料，第一幕就是施工大叔在摩天楼顶朝地面小便。然而，这部动画是一部大杰作，从当时日本国内动画师、影评家赞不绝口的夸奖中便能知悉。只是对目前的动画热潮来说，它还有点超前。

拉尔夫·巴克希破坏了以往动画电影寓教于乐的高雅，接连做了五部让好孩子和家长目瞪口呆的成人电影。《车水马龙》(*Heavy Traffic*, 1973)、《浣熊皮》(*Coonskin*, 1975) 这两部便是正面提出种族歧视问题的动画。到了下一部《好皮囊》(*Hey Good Lookin'*, 1982)③时，没有一家发行公司肯接受这部

---

① 原文为"シラケ猫"，日本有"シラケ世代"的说法，指对政治、世态漠不关心，行为表现得像兴趣减退的旁观者般的一代。
② 该片是第一部被美国电影协会（MPAA）评为 X 级（严加限制级）的动画电影。
③ 《好皮囊》(另译《你好靓女》)的制作完成时间早于《魔界传奇》和《指环王》，但正式发行时间晚于后两者。

作品，做完之后就被尘封了。或许巴克希也觉得该做点适合家庭观看的片子了，第五作《魔界传奇》就是一部关于科幻与魔法的奇幻动作片。本片未在日本全国上映，是一位设计师拿自己珍藏的胶片在东京与大阪放映的，影院里坐满了动画迷，大家都沉醉在巴克希的动画中。

据说，《魔界传奇》也是第六作《指环王》的测试片。

接下来便是《指环王》了。这是托尔金笔下的著名英雄故事，巴克希幸运地从大批竞争对手中得到了它的电影化版权，于三年前着手制作。这部时长两小时的超大作在美国引发了热议。巴克希答应接受我的采访，愿意抽空在工作室见面。

然而计划未能如愿。《指环王》正在西班牙的工作室里制作，我得知巴克希必须立刻赶去那边才行。去年三月，正值《指环王》制作最紧张的时期。既然巴克希不在好莱坞，那就无可奈何了。于是我想能否让巴克希手下的主任或其他人带我参观工作室，却遭到了冷淡拒绝。听说巴克希是个独裁者，性情古怪，虽说是主任，但巴克希不在的时候也不敢自作主张，必须取得同意才行。因此，三月份的巴克希工作室之行泡汤了。

夏天去纽约时，我从一位动画界人士那里听说了巴克希的传闻。《指环王》消耗了太多资金，巴克希彻底没钱了，制作进入了死胡同。原本必须在圣诞节前上映，但现在还剩下上色工序（勾线和着色）没开工，巴克希把全部家当都投入了《指环王》，如果票房表现不佳，巴克希可就完蛋了……总而言之，没听到什么好消息。

而巴克希依然缩居在西班牙。他的《指环王》的制作方式十分繁复：先让演员戴上漫画式面具、穿上戏服表演，拍成真人电影，然后再一格格地重新绘制成动画。这种方式被称为转描技术（rotoscope），巴克希的第五作《魔界传奇》的结尾便尝试用到了它。虽然性质不同，但在制作大场面的效果时，它不失为一种好方法。

《指环王》的主要角色是名叫"霍比特族"的小矮人。为了拍摄真人影像部分，巴克希好像找来了一大批小个子，让他们打扮成霍比特人表演。我理解他特意选在西班牙弄实拍的理由，毕竟美国的人工费高得可怕。

十一月快要结束的时候，终于传来了《指环王》在全美同步上映的新闻，我还看到《综艺》杂志的报道，称电影相当火爆，肯定会长期上映。此外也接连收到了美国动画迷的感想，大家都说巴克希做出了一部伟大的电影。这些诚恳的影评，大概会让《指环王》的书粉喜极而泣。可在动画迷看来，本片存在诸多问题，大家的意见也各不相同。

心痒难耐的我，约上了美国动画评论家小野耕世和动画创作者铃木伸一一同奔赴美国观影。我们抵达洛杉矶是在下午三点，下午六点在酒店放完行李后，困意已烟消云散，我们直奔西木区（Westwood）的首轮电影院。

美国的电影街繁华至深夜。不管哪家影院，最终场都是从晚上十点半到次日凌晨。我们提前吃完了晚饭，旁边的大影院已然被队列包围。我一看招牌，啊，是《超人》！今天是《超人》上映的第一天！小野耕世不禁大呼："好壮观，把那条队伍拍下来吧！"

相比之下，《指环王》的影厅就十分安静了。上映已有五个星期，说不定里面空荡荡的呢。可十点半的最终场开演时，售票处排起了队伍，全是些年轻人。而且西木区在洛杉矶就跟早稻田一样，像个学生街区[①]，他们无疑都是大学生或高中生。且厅内几乎座无虚席，《指环王》的潜力果然强大。

巴克希对标题不怎么讲究，鲜红如血的文字——*THE LORD OF THE RINGS*（指环王）浮现在黑色背景上。接着，粗糙的墙壁上出现了剑士打斗的影子，旁白开始了："很久很久以前……"这一段都是实拍。我发现字幕中虽然出现了导演拉尔夫·巴克希的名字，但完全没有拉尔夫·巴克希公司的名字。此时我才知道，这不是巴克希的独立作品，而是索尔·扎恩兹公司（The Saul Zaentz Company）委托他的外包作品。相当于东映把自己企划的电视动画《人造人009》（1979）外包给了日升公司，在这种情况下，《人造人009》还是属于东映的作品。

---

① 美国加州大学洛杉矶分校（UCLA）位于西木区。

《指环王》的故事概括如下：有一枚蕴含魔力的戒指，一戴上就会使佩戴者隐身。村长比尔博把它交给了小矮人弗罗多与山姆怀斯，二人在巫师甘道夫的帮助下前往某地丢弃戒指，途中被试图抢走戒指的各路魔族、魑魅魍魉袭击。

故事背景距离现代非常遥远，讲述的是人类文明出现以前发生在中土世界的故事。

霍比特族虽然是小矮人，但勇敢冷静、头脑聪明，与《白雪公主》中冒失的七个小矮人截然不同。不如说，《指环王》中的小矮人外貌相当逼真，仿佛把普通少年按写实画风缩小了似的，不像迪士尼那些蹦蹦跳跳、吵吵闹闹的搞笑角色。《魔界传奇》中也出现了大量的矮人族，但本片要比它真实好几倍。

在霍比特人旅行的同时，魔族与中土世界联军之间的战火也正熊熊燃烧。但遗憾的是，这部电影没有结局，在故事的中间突然结束。也就是说，这部动画是"第一部"。两小时的大作居然只是"第一部"！后续必须等巴克希着手制作"第二部"，这意味着续集得等上两三年才能看到。[1]

我并没有读完托尔金的原作，虽不知巴克希对原作做了什么改动，但为了追求宏大而稳重的故事，他付出了很多心

---

[1] 巴克希的《指环王》改编自原作小说三部曲的前两部，他未能制作该片续集。小说的第三部被改编为电视动画《王者归来》(*The Return of the King*)，播出于1980年，导演是朱尔斯·巴斯（Jules Bass）和小阿瑟·兰金（Arthur Rankin Jr.）。

血，极力收敛自己以往作品中的奇怪笑点以及动画的乐趣，反而直接保留原台词以还原原作，省去了多余的动画。估计是《指环王》的书粉提出了这样的要求，希望尽可能地忠实于原作。巴克希本人也说"想把这部电影做成会动的插画"。

因此，影片才有了现在的模样。随便截取一幕，其构图与画风都是无可挑剔的绘本插画，仿佛让十八世纪的欧洲幻想画在银幕上动起来了一般。

然而，画面整体上有种飘忽不定的感觉。小野耕世发现了其中原因："看啊，人物都没有影子。"

这么一说，角色脚底下确实没有画影子，所以人物行走、奔跑的时候都像飘起来似的。为什么刻意不画呢？记得在《魔界传奇》中，巴克希也没有给人物加影子。《魔界传奇》的画风非常动画，这样做反而有动画的感觉，也更加美观。可《指环王》是写实的剧画风格，是"动起来的插画"，影子必不可少。忽视了影子的重要性也许是巴克希的失算。

不过，巴克希还是很厉害，镜头的角度实在出色。在弗罗多等人投宿的第一家客栈里，袭击他们的刺客骑马出现。这群灰色大汉戴着头巾，只有眼睛在放光。他们如幽灵般出现在城镇的街道上，向客栈逼近，仰拍他们的角度就跟真人电影一样。潜入小矮人卧室的刺客们一齐拔剑，准备隔着床单砍死小矮人，画面瞬间变成了鲜红色。巴克希喜欢红色、蓝色等鲜明的色彩。这幕惊险场景的效果棒极了。

小矮人们幸免于难,刺客只得继续追杀。他们在荒野上拦住小矮人的去路,骑着马一同从正面发起攻击。画面充满了分量感,刺客们如实拍般逼真。这里采用了转描技术!先把演员拍下来,再用赛璐珞描摹成画,因此特别有真实感。

这类转描方式的使用,随着剧情的发展而增加。到了影片高潮——中土联军与魔族决一死战的场景时,画面彻底变成了转描。有哪部动画的群众能如此活跃呢?而且足足持续了二十分钟。联军被逼上绝路,封锁在了城堡里,幸存的战士们抱着必死的决心发起最后的冲击,然而弓折弹尽。当他们在魔族的包围下即将全灭时,甘道夫手下的援军赶来了。这简直就是印第安人对决骑兵队的翻版。

到了这里,转描部分多到让人觉得滥用的程度。这或许是为了能及时上映的无奈之举,实拍胶片没有转描,直接烙印在赛璐珞上的部分格外显眼,有点动画与真人实拍合成的错觉。美国的动画迷看到这段似乎如此评价:"动画已死!"也就是说,如果动画师们没有下功夫让绘制的画面动起来,只是把实拍胶片直接烙在赛璐珞上就能算作动画,确实等于原本的动画死掉了。正因为预测到转描技术会带来这样的后果,所以哪怕它方便,我也希望日本动画在使用时能克制些。

总之离结尾越近,这部动画的粗糙就越明显,如同赶不上截稿日的潦草漫画。对拉尔夫·巴克希的自尊心而言,这种粗糙恐怕让他痛心疾首吧。我明白他的懊悔。开头做得多细致，结尾的粗糙就让人多痛心。

虽然在日本接受度一般般，但据说欧美有众多托尔金的粉丝，这部《指环王》一定会大受欢迎吧。可是在日本又如何呢？《指环王》故事本身的魅力自不必说，它也是拉尔夫·巴克希这位个性派动画创作者的超大作，可能得让大家亲自去看效果才更好。故事自然有意思，可如此气势恢宏、有分量感的动画，除了巴克希根本没人做得出来。

(《银幕》，1979年4月号)

电视节目《安徒生故事》

当虫制作公司开始企划电视节目《安徒生故事》(1971,又名《安徒生物语》)时,我期待的是一个洋溢着浪漫与诗意的宁静童话世界。

对此我要说明一下:虫制作公司虽然由我创立,但作品的制作全权交给了制片人。制片人把员工集结起来,尊重他们的想法并确定作品的风格。动画的体制在制作上必须协调好各个方面,全体员工的意向是举足轻重的因素,不管外人如何提意见都无法替代。因此,我本人也只能祈祷:"希望不要毁掉我心中的安徒生。"

没想到的是,《安徒生故事》的成片充满了美国风情,成了一部快节奏的华丽喜剧。可能因为《安徒生故事》的主要制作人员此前与美国合作过动画吧,故事被诠释得酷炫又现代,让我很是震惊。尤其是拇指姑娘变成了冷静果敢的现代女孩,原作中如受害者般被命运玩弄的懦弱感消失无踪,真不知是该开心还是失望。

说起《安徒生故事》，不知为什么，我首先想起的是讲谈社的绘本，记得《拇指姑娘》也在这个系列当中。这套绘本作为战前出版的作品可谓相当有名，虽然是大众读物，但水平极高，在好的意义上，也可以称之为战前儿童传媒文化的象征。一流画家根据一流作家的文字精心绘成的绘本，非常贴合安徒生故事优美而愉快的氛围，对我产生了极大的影响。

紧随讲谈社其后的，是迪士尼的作品。二者的宗旨都是为好孩子提供优质的娱乐。《糊涂交响曲》中的《丑小鸭》便是非常适合迪士尼的题材，比起迪士尼化的格林童话《白雪公主》，这个起码更接近原作的味道。

但很难为情的是，关于安徒生，给我印象最深刻的还属宝冢的歌剧《人鱼公主》。经过宝冢式浪漫爱情的调味后，歌剧《人鱼公主》在当时（昭和二十六年，1951年左右）大受好评，不停地追加场次。里面充满了魔法师、王子、结婚、泡沫等促成甜蜜、悲伤与梦幻的要素，对我笔下的少女漫画（《缎带骑士》等）产生了莫大的影响。昭和三十五、三十六年上映的丹尼·凯（Danny Kaye）主演的歌舞片《安徒生传》（*Hans Christian Andersen*，1952）[1]，虽说是安徒生本人的传记[2]，

---

[1] 该片的日文译名《アンデルセン物語》与虫制作的《安徒生故事》原标题相同，在日本上映于1953年（昭和二十八年）。
[2] 影片开头配有解说字幕："……这不是他（安徒生）的人生故事，而是关于这个伟大的童话故事编织者的童话。"

但戏中戏还加入了一些童话。只是，美国化的戏中戏场景令人略觉苍白，未能留下什么印象。如此想来，我心中的安徒生或许就建立在大正末期的古典主义之上。因此，当虫制作的《安徒生故事》出现在电视显像管上时，我会不由得皱起眉头，这可能是我的古板使然吧。

说奇怪也真奇怪，格林兄弟的童话丰富多彩，而安徒生我只能想起四五部著名作品。或许是禁欲、安静、抒情的整体氛围给人留下了相似的印象吧。

终于我抓到了一名员工，小心翼翼地说道："我说啊，这部《安徒生故事》特别有剧画式[①]的写实味道……"

员工自信地回应："电视的每个画面瞬息万变，而且黄金时段播出的话，大家都是边吃饭边看电视，哪个孩子有闲心品味抒情和伤感啊。"

"可母亲们看到后会不会有点失望呢？"

其实在《安徒生故事》播出前，托芙·扬松（Tove Jansson）的《姆明》（1969）就受到了广泛好评，母亲们肯定特别期待《安徒生故事》，她们想看到的应该是朴素而温柔的氛围。

"没问题的，我们已经对孩子做足了调查，实际上还得考虑到出口美国的事情。"

这时，我想起苏联联盟动画电影制片厂制作的漫画电影

---

① 原文为"マンガ劇画"（漫画剧画）。

《冰雪女王》(*The Snow Queen*，1957)[1]。我可以肯定地说，它既是一部优秀的漫画电影，同时也是目前改编得最好的安徒生作品。优美的抒情性与高雅的氛围笼罩全片，还有对人性的挖掘，我甚至疑惑：为什么它不能像迪士尼一样引发世界性的讨论呢？可事实上，日本的小朋友也看了这部电影，但几乎无人讨论。

说到底，要传递安徒生作品的韵味，电影这样的大众文化财富可能过于通俗了。而在二十分钟左右的节目中介绍原汁原味的安徒生，或许又有些困难。我们媒体人明知这一点，却执意对安徒生童话和其他童话进行改编、翻拍，简直是作孽啊。

(《季刊孩子的书架》9月号，1973年7月31日)

---

[1] 该片对宫崎骏有很大影响，助其坚定了继续动画之路的信念。

危在旦夕的动画

喂,阿Q?你好吗?还是在新宿的黄金街上班?今天打电话是因为我们的电视动画,看在老交情的分儿上,求你帮个忙。对,是原画。

是啊,现在优秀的原画师特别抢手。我们恨不得往两手拎着的餐盒(动画师)里塞上一百个点心(工作),可到底是强人所难。毕竟原画师不像漫画新人,不会简简单单地冒出来。它讲究资历,就像你这样。你知道业界是怎么描述现状的吗?说是"动画战争"呢,如假包换的战争啊。制作公司之间抢夺人才、搞地下工作、耍阴谋诡计、砸钱来竞争,情形特别激烈。光是电视动画,现在一周就有二十八部,而且最近各个领域都盯上了剧场动画。还有特别节目放的长篇电视动画,在只是电视

动画的时候倒还好，毕竟粗制滥造的动画也能蒙混过关。但剧场放的电影版就不能这样了，优秀的制作人员必不可少，所以演变成了人才争夺战。像你这样悠然自得、随心挑选工作的大佬是例外啊。这样的人只占少数。

喂？话说回来，预计今年七月上映的美国长篇动画《指环王》，你看过试映了吗？两小时十三分钟的动画做得很厉害吧？

关于那部作品，你也很好奇吧？群众场景里的人物动起来就跟真人似的。那其实不是动画师绘制的人类，用的是一种叫转描的技术。就是把真人拍下来，复制到赛璐珞上后，稍微描摹涂个色，便可以直接使用了。转描这种方法啊，原本是为了研究真人的动作，用幻灯机一格格地投映实拍画面，便于动画师描绘学习，迪士尼也曾用到过。而《指环王》把真人直接用在了赛璐珞上，只稍微加工了一下。毕竟是群众场景，有好几十个人动来动去，如果一一画出来，根本就画不完，所以才照搬实拍来赶工期。那段场面不管谁看都不像手绘的动画呢。听说美国的动画师看到本片后还哀嚎"动画已死！"，因为用那种技术的话，就不需要什么动画师了啊。只要有人稍做修整，其余的拍摄真人后再描摹即可。

问题就出在这里。如我刚才所说，原画和动画都缺乏人手，当必须完成堆积成山的动画时，就只能靠转描技术迅速做出偷工减料的动画。如此一来，哪还需要画什么画呀。这种把一格格实拍放在幻灯机上映描的工作，连不懂得如何让画面动起来的门外汉都能完成。既省钱又快捷,估计那些大型动画公司会争先恐后地用转描技术吧。嗯,肯定没错。毕竟他们靠量挣钱嘛。

不,我不是说《指环王》的电影不好,它很了不起的。我只是操心而已,在动画战争进入白热化阶段的日本,万一该片中用到的技术开始泛滥,岂不是叫人头疼?

总之,动画界正处于紧张的战国时期。如此局势是怎么出现的呢?连动画界人士都说这种情况十分异常了。话虽如此,现状却仍在愈演愈烈,都乱了套。

其实在电视动画开始的时候,便已经出现这样的征兆。最初我在虫制作公司做《铁臂阿童木》时,虽未料及时代会变得如此荒唐,可还是猜测到等电视动画发展起来后,动画师和其他工作人员应该能从中受惠。

说起来吧,我制作日本第一部每集三十分钟的电视连续动画,原因有两个。虫制作公司本是为了做动画实验、摸索动画而成立的公司,可资金来源都是我的稿费。这样实在无法维持公司运转,因此也得让员工们挣点钱,回本儿后再积累制作实验电影的资金。我们计划做一部耗资便宜又看得过去的动画,于是选中了电视连续动画。所以我们确实有过做实验电影的目标哦。

然而,同电视台、赞助商进行交涉真的很费劲儿。即便是直播节目,比如《月光假面》这样的真人节目,当年三十分钟的制作费也得花五十万日元。特别是儿童节目,二十万日元起步啊!说是时代变了倒也没错,可面对不知能否完成、能否维持的危险节目,电视台和赞助商才不会投资两三倍的钱呢,何况是史上第一部连续动画,谁会无脑相信啊。所以,他们只愿意给出和其他节目一样的制作费。可光凭这点钱怎么都会亏本,剩下的我只能自掏腰包赌一把了。记得制作费有四十多万日元,我出了二十万左右。

不过《阿童木》火了起来,由于动画节目取得了成功,接下来的半年冒出了一堆动画。制作费竟高达上百万日元!也就是说,投入这么多钱也能够回本儿,于是各个企业纷纷效仿。当然不是为了制作实验动画。后面的情况你也知道。目前,制作费的底线是五百万日元,六七百万日元赞助商都愿意出,只要有回报。

这样一来,动画人就想只靠动画吃饭了。可是以动画为生根本不靠谱。动画的立场原本就和独立的职业剧团一样。爱好动画的人聚集在一起,为了制作呕心沥血,就算打工也要给喜欢的作品投资,这才是原本的状态。动画的世界必须有残酷的部分。虽然在你面前我也只是班门弄斧啦。

但是到了动画热潮期,大家都明白靠这门工作能吃上饭,于是出现了不少想靠动画谋生的人。以生活为先,做动画则是劳动——他们变成了这样的状态。他们一头扎进不划算的动画界,又嫌弃搞动画不挣钱,那干脆一开始就别进来嘛。如果是因为喜爱才投身业界,最初便得做好吃苦的精神准备。哎,我不是以虫制作公司前社长的经营者身份说这些话哟。这些只是我作为画家、动画创作者的个人发言而已。要是有异议,我洗耳恭听。

事已至此,动画民工的生活权利当然应该受到保护。如果动画是必需品,我觉得这都是正当意见。不过吧,我个人无法忍受的是这类意见:都怪手冢做《阿童木》的时候定下了令人发指的低廉价格,搞得现在电视动画的制作费很便宜,害死我们了。开什么玩笑啊,说这种无知话的人都是傻子吧。

正因为当年我的电视动画大卖,才能看到今天电视动画的繁荣,你们也才能靠这个生活吧。而且在当时,那样的制作费才是常识,假如翻上好几倍,赞助商肯定也不会买《阿童木》了。如此一来,电视动画时代估计就成了天方夜谭。

我常说"哥伦布立鸡蛋,看着容易打头难"①。哥伦布发

---

① 原文为"コロンブスの卵"(哥伦布的鸡蛋),源自哥伦布立鸡蛋的逸事:他人贬低其发现新大陆的辛劳,作为反击,哥伦布请众人把鸡蛋竖立起来。其他人想不到方法时,哥伦布把蛋壳一头打碎,立起了鸡蛋。引申为看起来谁都能完成的事情,其实最开始、第一次实现时是很困难的。

现了美洲大陆,可没人知晓他面对船上纠纷、迷信时的辛酸。有一本叫《媒体评论》的白痴杂志,有人在上面写手冢必须为现在的动画师赎罪。搞笑也要适可而止啊。能刊登那样的文章,也难怪该杂志会分家。

尽管如今的标准制作费是五百万日元,但作为三十分钟的节目,与其他节目相比并不算便宜,当然也不算高到可怕。问题在于,电视动画的制作公司当然是盈利企业,却只能从中抽取最低的五分之一利润。其余的都归导演、编剧、上色、剪辑、音乐、艺人等。你以为这点钱能做出现在的动画吗?都是公司,不,是赞助商逼出来的啊。

我想大声提倡:为什么不花心思研究出新的制作方式,让五百万日元,不,就说四百万吧,全部流进动画制作者的口袋里呢?

制作《铁臂阿童木》时,三十分钟的节目最少只要一千张作画。认为一千张作画不算动画的,请看过作品再发言。工作人员绞尽脑汁,努力做出一千张作画也能看的动画,希望那些人看看这些血泪成果。话虽如此,但它的确像是不会动的纸戏剧①一样。不过,这只是一个极端案例。我也不认为现在的动画还能用一千张作画完成。哎,假如给动画师、上色师、背景绘制师及其他工作人员支付了足够生活的报酬,

---

① 原文为"纸芝居",一种连环画剧,把情节描绘成多幅画面放入相框,抽换画片让人观看,同时念对白解说的讲故事形式。

那剩下的经费可能只够一千张左右的作画了。

既然如此,那只能再努力思考:怎么用一千张画做出能看的节目。

我认为这才是电视动画的生存之道。电视动画不是非得跟剧场动画一样,为了使动作流畅而增加作画张数。按照如此繁重的工作量,一周做一集根本不可能。所以,对动画民工无奈的残酷压迫开始了。关键在于领导。这不是动画民工的责任,而是企划方的问题。我觉得有个企划挺适合电视动画的,即如果只有一千张作画,该如何用这一千张画撑满三十分钟。

喂?不好意思我打了这么久。看来我变得爱发牢骚了,这可不行。反正我觉得现在电视动画的发展方向存在很严重的缺陷,便忍不住念叨了起来。你一开始就反对电视动画呢,说电视动画完全是动画师的粗制滥造。你说得很对啊。如今的年轻动画人没什么素描功底就敢投奔电视动画公司,画得可烂啦。亏他们敢画中割(中间画,夹在原画之间的几张画)啊。不过,如果只画机器人或机甲的话,可能也过得去吧。

在这一点上，虫制作的员工就非常优秀。他们很清楚什么是动画。因此，虫制作当年的员工，如今基本成了全东京制作公司的核心成员。尤其是年轻人，这些名副其实的顶尖员工都是虫制作的顶梁柱。

东映、东京电影都是大公司，最近才开始培养动画师，但他们没有教授电视动画粗劣的运动方法，而是全动画，这是件好事。讲师为大工原章、月冈贞夫等全动画大师，所以这是一次很棒的尝试。尽管月冈先生说，五十个人里面顶多就五六人能功成名就。这样挺好了，毕竟动画就是如此严酷。

话说，最近东映动画之外的其他公司也制作了剧场动画，这固然是好事，可还是希望他们能做成全动画啊。与电视动画不同，剧场动画电影是在影院的大银幕上放映，二者的制作费天差地别。然而，怎么大多数剧场动画都是电视动画的翻版呢？靠电视动画的人气来制作相同题材的剧场版其实也没问题，反正人气至上嘛。只是吧，把电视版拼起来，稍微加工一下衔接处就算作剧场版，这样大家是不会买账的。首先就应该讲清楚，本片是用电视动画直接拼出来的。虽然小朋友什么都不懂，看得依然开心，可这不是背叛了制作人员吗？

说到小朋友，有妈妈带着观影的那些倒还好。最近的动画观众基本以年轻女孩为主，还是初中生年纪的。喂？你还有时间吗？我想说的，接下来才是重点。

这群初高中的女孩观众啊，简直无可救药。她们可不是来看动画的，瞄准的是声优（配音演员）。现在，有的大剧院会举办声优活动，也没做什么事，就是一群给动画配音的明星聚在一起叽叽喳喳。有时真正的演员都会被声优看不起。乳臭未干的小丫头对着声优们哇哇尖叫，还扔花束呢。这样的世界当然不正常了，声优比披头士更受欢迎。哎，这些小丫头有百分之五十是因为声优的魅力才去看动画的。

还有主题歌也是啊。什么佐佐木功[①]，净唱些和动画毫无关系的歌曲。有些人只是听到歌，就如痴如醉、泪流满面，赞不绝口地跑来看动画。

还有还有，阿Q了解"美型角色"吗？我也是去年才头一次知道。就是动画角色中有个非主角的重要反派人物，算是那种坏坏的美男子吧，而且其生平令说者流泪，属于被命运玩弄的青年，这样的设定在女生中特别受欢迎。这个就叫"美型角色"，有时比主角还受欢迎，相当于新选组的冲田总司吧。

怎么想都感觉很阴暗啊，如今的女孩子喜欢那种男同气质的病态男吗？日升公司的动画中经常出现这类角色，海涅

---

① 日本歌手、声优、演员，与"猫王"埃尔维斯·普雷斯利面容相似，有"和制猫王"的称号。演唱过《宇宙战舰大和号》《银河铁道999》等动画的主题歌。

尔王子[①]、里希迪鲁[②]这些纳粹风格的反派便是其中代表。

哎，如今满足了上述条件的动画，只要有点故事情节，肯定能受到女孩子的追捧。另外，在剧场动画、各高校学园祭、独立放映会中，包含这类要素的电影变得受欢迎起来。当然，这类影迷的核心层属于少数狂热爱好者（mania），说是超级狂热爱好者会更贴切。也就是说，除了自己痴迷的电影，其余的她们统统拒绝，看都不看一眼。"为了见到心爱的××大人，这部电影我会来看上一辈子。我才不想看其他动画，而且它们也不算动画。啊，听到那个主题歌我就想哭，呀——"……她们就像这个样子，不，我说的是实话。陶醉的样子就跟杉良太郎、野口五郎、草刈正雄的脑残粉[③]一样。没错，就是脑残粉。

可以说最近几年，这类影迷占据了剧场动画观众的一半以上。如果为增加观影人数，制作时迎合这类影迷的喜好，那内容也将与普通动画有所不同。其实角色不用动也行啊，直接"对口型"好了，让角色站在那里只动嘴巴，但只要角色帅气美型、声优是喜爱的明星，大家就会花痴地大喊大叫。要是目前必须为这类观众企划动画，那也太头疼了吧。

---

① 出自动画《超电磁侠波鲁吉斯V》（1977—1978）。——译注
② 出自动画《斗将戴莫斯》（1978—1979）。——译注
③ 原文为"ミーハーファン"，"ミーハー"为日文俗语，指容易追逐社会流行的庸俗赶时髦者，或热衷于人气艺人的肤浅追星族，含有轻蔑意味。

当然，还有别的动画。且不论完成度，例如三丽鸥的《胡桃夹子》、东映动画的《龙子太郎》、虫制作正在制作的《小白熊》，那些醉心于"美型角色"的女孩子就不会来看呢。但它们都是很棒的作品。有办法让狂热的脑残粉来看这些影片吗？估计没有吧，她们一开始就没把这些放在眼里。

然后，动画热潮还留下了余波，动画中用过的赛璐珞、角色表（出场人物的设定表）、分镜的复印本卖得飞起。年代越早的价格越高，包含了完整版大和号的赛璐珞一张居然要一万日元。在我们那个年代，动画中用过的赛璐珞都无处可扔，最后埋在了西武线深处的空地里。现在这些赛璐珞都能做高价交易呢。如今这世道，居然有小朋友从虫制作偷走了三千张赛璐珞哩。

在剧场动画首映的前一晚，经常有小朋友彻夜排队吧？《宇宙战舰大和号》便是如此，还有《鲁邦三世》《科学小飞侠》《火鸟》也是这样。但那群通宵党的目标不是电影，而是分发给首日排队前多少名观众的赛璐珞。他们排队是因为想要那个，并不是为了别的什么，就类似于百货商店的新年福袋。收集这些赛璐珞，对作为超级狂热爱好者的小朋友充满了吸引力。

参加儿童保护会、妈妈会、PTA（家长教师协会）这些聚会时，经常会出现有关电视的话题，太太们都说可以给孩子看看《阿尔卑斯山的少女》《咪咪流浪记》这类好节目。

听到这个，我想起十几年前在漫画界也听过一模一样的话。S社推出世界名著的漫画全集时，母亲们纷纷称赞那样的漫画才是好漫画。我当时觉得家长们蠢爆了。这些大人根本不管内容，就坚信世界名著的改编作比其他杂七杂八的东西强多了。

若是由出色的改编加技术绘制而成，倒也能对作品本身做独立的评价。倘若只是对世界名著进行拆分、精简、灌水的话，那就没有半点原创性了呀。电视动画、剧场动画也一样。动画原本就有本质上的区别。

假如剧画完全按照原作去画，那不就和写小说没区别了吗？动画也是，主角、配角进进出出、说说话、偶尔跑一跑，描绘时如果一味地追求真实感，那和真人电影有什么区别？有做成动画的意义吗？那样做，明显就是瞄准了孩子母亲，想通过她们来提高收视率吧？只有具备符合动画的创意、包含了动画独特手法的改编，才能称之为世界名著的动画化。

虽然不是世界名著，但是为一连串童话民间传说系列开创先河的《漫画日本昔话》[①]实在是部了不起的作品。你看了吗？嗯，对。那正是极端分配作画张数的效果，该动的地方

---

① 该系列于1975年开播，1994年完结。

都会动,最重要的是每个场景都犹如"绘画"。尽管那不能代表一切,但也成功达到了电视动画的某种极限。它虽然是 Group TAC 的作品,可负责演出①的都是虫制作和东映系列的老手,果然厉害。

稍等一下,我喝口水。

阿Q,你去过冈本忠成和川本喜八郎的动画上映会②吗?他们偶尔也在地方城市举办,这个挺不错的。

刚开始的情况我不知道,反正最近都坐满了年轻人。但即使座无虚席,他们也赚不回本儿吧。不过,他们对动画的满腔热忱与上进心令人钦佩不已。听参加者的语气,不少人都在惊叹"原来还有这种类型的动画啊"。感觉真好。这份感动十分质朴。

---

① "演出"是日本影视界的专有词汇,在电视动画领域相当于负责单集动画的导演,也有"片集导演"的译法。
② 两人均为日本人偶动画大师,曾长期共事合作。冈本忠成多化用民间艺术,除人偶外亦采用不同材质制作动画,代表作有《南无一病息灾》(1973)和《要求特别多的餐厅》(1991);川本喜八郎从文乐、能剧等古典艺术中取材,代表作有《道成寺》(1976)和《火宅》(1979)。两人每年各自制作一部短篇动画,和人偶剧一起在"冈本+川本人偶动画秀"上上演,该活动从1972年到1980年共举办了六次。

以前久里洋二[①]在草月会馆里办过吧[②]，嗨，就是动画节啊，向插画师、画家和漫画家征集动画后，把征集来的作品一气儿放映出来的活动呀。活动还是蛮不错的，只不过最后一部由插画师和影像创作者带来的作品自我意识过剩，实在不知所云，不小心给人留下了动画晦涩无聊的深刻印象。

如今对动画感兴趣的人之多已是今非昔比，感觉眼下正是制作发布易懂、动人的实验动画的大好时机。木下莲三就很厉害，一直坚持制作优质的短篇作品去参加海外电影节，古川卓和中岛兴也在努力奋斗，这些人不顾什么电视动画、剧场长篇，真的是一心沉浸在动画中不断地摸索，有没有什么办法能让更多人认识他们呢？总之，这是大众关注动画的难得机会啊。而且，最近学校里的动画研究会特别盛行吧。

喂，不好意思打了这么久。说起动画研究会，最近的小朋友早就知道了动画的制作方式。他们经常参观动画工作室，现在既有动画制作材料的专卖店，还有动画的入门书卖呢。所以他们会凑钱制作 8mm 影片。

这些社团的前辈有东海动画社团、ANIDO、KAC 等，如

[①] 日本知名动画创作者、设计师、绘本画家，代表作有《人类动物园》（1962）、《爱》（1963）、《杀人狂时代》（1965）等，以活泼的情色和幽默描绘男女关系，创造出成人的世界，为日本后来的影像表现和图形设计带来极大影响。
[②] 久里洋二、柳原良平、真锅博三人在 1960 年成立了"动画三人会"，并在位于东京赤坂的草月会馆举办了动画节。

今全国各校都有动画研究会。

毕竟是小朋友，他们做的东西大部分都像是电视动画的翻版，可到了高中和大学，触及动画本质、令人惊艳的短片便多了起来。这些社团当然会借来东映的电视动画、龙之子的动画观赏，同时也在渐渐参考、试映曾获得国际声誉的名作，譬如弗莱舍的短片、捷克的人偶动画、加拿大的诺曼·麦克拉伦（Norman McLaren）[①]的作品。他们从电视动画的追捧者开始，变得不再满足于电视动画和影院里敷衍了事的动画，渴望通过其他作品来启蒙自我。尽管他们的立场有点特殊，但依然值得期待。

不过，这些人在动画的吸引下进入社会、加入电视动画的外包工作室后，当他们准备满腔热血地投入工作时，将要面对的却是"对嘴型的美型角色"跟一点都不想画的打斗闹剧。

就算咬牙熬过去，准备做自己认同的动画，也没有时间和金钱，不久后热情与斗志便会冷却，不得不彻底沦为动画民工。

动画民工目前最大的障碍，就是母公司的外包占了绝大

[①] 出生于苏格兰的加拿大动画创作者，制作过真人出演的定格动画如《邻居》（*Neighbours*，1952），及其他各种实验性质的作品，曾参与组织国际动画电影协会（ASIFA）并任第一届主席。《邻居》是第一部获得奥斯卡奖的加拿大动画，并且被选作联合国教科文组织的世界文化遗产影像资料之一。

多数。

十几年前,东映和虫制作都有正式员工和实习员工呢,当然因为钱少出现过工会纠纷,也发生过示威抗议、关门停工的情况。[1]自那以后,母公司便不再把工作全部交给手头的员工,而是选择了外包。这样的承包制更鼓舞人心,最重要的是不用发奖金了嘛。

可外包公司就很惨了。为了挣钱而接下指定的工作,既无法发声也无法抱怨……而且,因为是承包的,还必须在规定日期前提交一定内容,否则拿不到钱。

前阵子我去了趟迪士尼工作室,长久以来他们未录用过动画师,全部采用外包,去年终于招了四十名员工进行培养。这可是闻名天下的迪士尼,据说有好几万人从世界各地前来应聘。

美国有动画师工会(union),可它是一种职业工会,与日本的工会略有不同。动画师支付会费后便能加盟,等待来自大公司的工作。大公司要做作品时,会从工会中选取合适的

---

[1] 1971年,新上任的东映社长冈田茂开始对严重亏损的东映动画进行大刀阔斧的改革,其中包括大量的裁员,征集自愿辞职的员工(公司无法主动辞退),这导致了工会的抗议,二者冲突频发,甚至引来了机动队的介入。东映只得主动关闭公司,迫使员工无法正常上班,其间工作采取外包模式(这种外包模式影响了后来的动画界)。如此持续了5个月后,约有120名员工离职,而东映动画继续存活。——译注

成员签合同。有本事的动画师总是好工作不断,譬如能和迪士尼公司签约的都是顶级精英。当作品完成后,合同也就终止了,动画师回到工会。而没能力的动画师永远接不到工作,可只要他们加入工会,便能得到起码的生活保障,找得到工作,靠自己的本领安心享受生活。

一想到日本数量可怖的动画师,我觉得现在就该创建工会。为此,所有的动画师必须团结起来,工会也要对无视工会的动画师施加压力,必须树立起这样的威信才行。如果像拔牙齿一样被大公司骗走成员,那么这样的工会根本什么都无法改变。我们应该学习美国的工会。十五年前我也倡议过这件事,可是没人搭理。

当然,负责上色、背景、摄影等的技术成员也得如此,可在如今的日本,质与量上问题最多的还是动画师吧。

也就是说,制作人员、分镜师、首席导演、原画主管等人才,真正的数量依然不多,若不尽快培养后续部队,日本动画将出现质量上的崩溃。话虽如此,其实这些人就跟漫画家一样,是创作者(creator),而不是工匠(artisan)。并非一个劲儿地画画就万事大吉,他们很珍贵。而且,这群人必须负责提升动画的整体质量才行。

喂喂?你听累啦?阿Q,让我再说一会儿嘛。反正你也只是喝酒睡觉吧?我也想听听你的意见啊。

如果从宏观的角度去看现在的动画热潮，便会深刻感觉到年轻人对人类的不信任，以及逃避性质的幼儿化倾向。为什么真人电影陷入了危机，观众都集中到了动画上呢？为什么年轻人纷纷扑向了幼稚的机甲电视动画呢？因为他们厌恶活生生的真人的人格。他们讨厌政治和集权社会里复杂而肮脏的纠葛，但还没来得及反对便已心如死灰，于是逃进了禁欲而具有象征性的漫画世界。然而，漫画因为质量差而靠不住，接着他们又在会动的动画中发现了对人格的讽刺，因而心满意足。现在比起漫画迷，动画迷的数量正不断增加。可如果动画是为此而存在，那当他们在动画里也找不到逃避之地时，会打算怎么做呢？你怎么想？

世界已经十分混乱，甚至到了人气漫画家把原作借给动画，稍微统筹一下就能被称为动画创作者的地步，因此动画还没有任何主体性吧。东映动画才成立二十年，我开始做电视动画也才十五年，可是动画就跟肥胖儿一样，膨胀得有些异常。

假如动画热潮只是一时的流行，那也无须如此在意，可包括脑残粉女孩在内，如果醉心于机甲大战、主题歌、催泪桥段和拉风程度的年轻人今后也继续增加，那动画的未来将毫无魅力可言。

什么？你的意思是我自己就在做动画，还说这些干吗？就算是当事人，也想自我检讨一下嘛。但是啊，求求你给我们公司画原画吧。

（《故事特辑》，1979 年 7 月号）

铁臂阿童木飞向中国

从去年十二月七日开始，中国的中央电视台（相当于NHK）每周日晚七点半就会播放《铁臂阿童木》。目前已播出半年，反响热烈，正考虑延长播放半年。动画连续节目，尤其是日本动画在国家电视台播映，这在中国的电视界还是头一回。而对阿童木来说，这是他在第四十一个国家的海外服务。

此次的《阿童木》，是昭和三十八年（1963年）诞生于虫制作公司的系列动画，也是日本第一部电视连续动画，播了整整四年。当时，最高的收视率纪录为百分之四十，目前尚未有动画节目打破这一纪录。同年十月，美国的NBC国际公司开始向全球推广它，配制了英语版、法语版、西班牙语版等，阿童木在西欧、南美、中东、近东、非洲各国及澳大利亚等地同时登场。当时共计二十九个国家。后来东南亚的一部分地区是由JETRO（日本贸易振兴机构）经其他渠道卖出播放权，剩下的地区只有社会主义国家了。

与中国恢复邦交后,在"文艺复兴"的敦促下,三京企划的木村一郎计划把《阿童木》出口到中国。刚好有家中国系代理公司叫向阳社,主要介绍美术方面的业务,他们进军影视界的意向恰巧与企划相合。听说他们看了第一集就非常喜欢,于是向虫制作提出了此事。可这时出现了麻烦的问题。首先是赞助商。和其他社会主义国家一样,中国的国家电视台原则上没有赞助商。但现在也不是没有特例,比如日本的钟表制造商S公司参与了整点报时,就会在报时的时候播放广告。如今,北京、上海等地方电视台都有广告播出。中央电视台希望由日方提供赞助商,也就是说,他们希望播放《阿童木》的时候,能附带想积极往中国发展的企业的广告。于是我们这边开始寻找起了赞助商。

中国的电视数量目前有八百万台,大半是从日本等海外国家进口而来。而电视观众有两亿人,八亿人口中只有四分之一能看到电视。据说在某些小地方,一台电视机能有二三十人围观。中央电视台播放的是彩色节目,仅有三成观众看的是彩色电视机,而《阿童木》是黑白片,因此不成问题。

中国的电视台在工作日是从下午五点开始播节目,只有周日是从早上八点半播到晚上快十一点。傍晚时分播放的是学习讲座,相当于日本的清晨节目。晚上七点开始的黄金时段则是电视剧、体育节目、新闻、纪录片等内容,还有类似日本"肥皂剧"的剧集。播放效果不错，色彩深沉的场景格外美丽。相关人员说："可能是因为照明暗才色彩浓郁。"但看起来比日本花里胡哨的原色调要和谐多了。

赞助商定下来后，北京方面开始了中文配音版的制作，为主角阿童木配音的是上海的美女演员。标题叫《铁臂阿童木》，听中文台词的时候，只有"阿童木"跟原版日文的发音（アトム，atomu）一样。"お茶の水博士"则翻译为"茶水博士"，其余配角基本由来自北京戏剧学校的人来配音[1]。声音与原版一模一样，语调也很棒。"具有十万马力、七大神力的少年机器人[2]（robot 的意思）"便是宣传语，主题曲直接搬用日文版。《阿童木》如果在中国获得成功，那都归功于中方工作人员与配音演员们的精湛技术和辛勤汗水，我心中的感激之情着实无以言表。

中国动画历史悠久。上海的某动画工作室如今有几百名员工，技术十分正统，水平令人钦佩，最重要的是，他们强烈渴望接触到日本等海外国家的作品。

在日本的电视动画界，《阿童木》已是二十年前的作品了，如今它能在中国播出，令我这个制作者很难为情，简直羞到了极点。

---

[1] 《铁臂阿童木》的中文配音人员多为北京广播学院的学生。
[2] 1963 年版《铁臂阿童木》第一集中，阿童木被卖到机器人马戏团后，首次登台亮相时马戏团团长的介绍语正是这句话。原文此句宣传语以中文写出。

毕竟，当年一周做一集动画实在是个鲁莽的计划，为了让不可能变成可能，我们明目张胆地偷工减料，使画面看起来合情合理。在某种意义上，可以说是我们掀起了现在的动画热潮，但最要命的是，那种粗糙与低俗成了日本电视动画的传统，面对中国的动画人，我都羞愧得想挖个地洞钻进去了。

希望上海等各地的动画工作室员工能"洁身自好"，千万别让这种偷工减料的动画影响到未来的中国动画。

(《朝日新闻晚报》，1980 年 12 月 26 日)

中国动画界的现状

中日虽为邻邦，但中国动画界的历史仍有许多未解之谜。韩国和中国台湾地区一直在给日本、美国的动画做外包，所以我们更了解它们的状况。中国进入"文革"以后，我们就完全不知道上海和其他各地动画工作室和员工的情况怎么样了。

最近，日本动画协会访华团去中国动画界考察，这才终于掌握了对面的动静与现状。此次访华，我想恐怕是整个战前战后中日动画人的第一次正式交流，是一次意义重大的交流。因为在亚洲独立制作大量动画的国家，只有这两个。

中国的动画史有着古老的记录，第一部作品可追溯至1926年[①]。可那段时期制作的几部动画只留下了作品名，底片、拷贝、资料全部散失，变成了传说中的影片。

---

① 应指万氏兄弟拍摄的《大闹画室》，是中国第一部无声短篇动画。

如今留有底片的最早作品，是上海动画工作室于1940年制作的长篇动画《铁扇公主》[①]。它以《西游记》中的火焰山情节为创作基础，是亚洲的第一部长篇动画，日本也上映过由德川梦声、岸井明等人配音的版本。导演是被誉为中国动画之父的万氏兄弟[②]。这并非独立作品，其实是靠某赞助商的资金制作而成的，且作为战争时期的作品，底片竟能完好无损地保存下来，实在令人惊讶。上海美术电影制片厂[③]的员工们也是最近才洗印了这份底片，第一次观看。

抗日战争时长春有个"满映"，日本战败后被接管并改名为东北电影制片厂。后来又被卷入国内的战争中，于是在哈尔滨、佳木斯、鹤岗间辗转搬迁，直到1946年才设立了像样的工作室，在里面完成了几部人偶动画。当时持永只仁[④]在这家制片厂工作，负责企划动画。据他所言，他们在哈尔滨新华社里，在朱丹、华君武等著名漫画家的协助下，制作了驱逐蒋介石的漫画电影宣传片。不久上海和北京解放，上海美

---

① 由中国联合影业公司出品，上映于1941年。
② 万氏兄弟共有四人，《铁扇公主》的导演、主绘为万籁鸣和万古蟾。
③ 原文为"上海動画スタジオ"，应指上海美术电影制片厂，前身为东北电影制片厂的美术片组，1957年4月正式建厂。以下简称为上海美厂。
④ 日本人偶动画之父，日本战败时他身在中国，战争结束后继续留在中国培养动画技术人才。1953年回日本，1955年创立人偶电影制作所，在战时、战后的日本与中国，建立起了动画创作和教育的基础。著作《アニメーション日中交流記—持永只仁自伝》已出中文版（《持永只仁先生传记》，中国电影出版社，2017）。

影厂这才复活。听说当时有很多员工参与过《铁扇公主》的制作。

这家制片厂的重要作品《大闹天宫》(1961),还是摘自《西游记》的一节,讲的是孙悟空大战天兵天将。其余还有将水墨画技法引入动画的《小蝌蚪找妈妈》(1960)、剪纸电影等具有中国特色的短片。然而"文化大革命"爆发了,《大闹天宫》做到一半不得不暂停,上海美影厂随后进入了名副其实的空白状态。如此这般,中国动画界的历史,因各种不幸的时代潮流而重复着断绝与复活。

在这之后,"四个现代化"与文化百家争鸣的时代终于来临,中国重新认识到对人民的情操教育而言,动画是门不可欠缺的艺术,幸运总算眷顾了上海美影厂。他们的第一份企划,依旧是基于中国古老传说的长篇动画《哪吒闹海》(1979),以及人偶电影《阿凡提的故事》(1979)。

《哪吒闹海》也在今年的戛纳电影节上展映过,收获了很高的评价。它是中国首部宽银幕动画,在中国国内自然大受欢迎,现在也被列为动画的代名词。甚至各商店的展品、商品塑封包装上的标志、机场的壁画都用到了这个角色。就技术而言,这是一部扎扎实实的全动画,令人联想到迪士尼和东映过去的长篇剧场电影。经历了颗粒无收的时代,从中国现在的技术水平来看,可以说这是最好的一部作品了吧。

有趣的是，与上海美影厂的主要工作人员交流时，他们喜欢的动画还是迪士尼的作品，而之后的外国作品如《通烟囱工人与牧羊女》、《黄色潜水艇》(*Yellow Submarine*，1968)、拉尔夫·巴克希的长篇动画(《指环王》)等，很多人连片名都不知道。当然，从UPA[①]作品起始的有限动画、国际动画节上映的实验动画，他们确实没怎么接触过。访华团把带来的私人动画给大家放了一遍，大概给他们留下了奇异的印象吧。日本的电视动画，他们只在录影带上看过一点点，似乎也不知道日本掀起了动画热潮的消息。

不过，包括正在培养的人才在内，上海美影厂预计来年将拥有五百名员工，五层楼的工作室也在修建当中。动画师里有不少身体残障者，从这些人身上也能很好地理解制片厂的方针，即培养优秀的员工。

除了上海，北京也有类似岩波电影的科学教育电影制片厂[②]，其中也包含了动画部门，天津还有特种技术培训所。不过，随着(中日)文化交流的深入，中国将培养更多的动画人员，也会接受日本动画的外包制作委托，今后各地也会成立(相应的)动画工作室吧。另外，如今的八百万台电视机也有迅速普及的可能，应该还会企划制作电视动画。十二月

---

① United Productions of America，美国联合制片公司。
② 原文为"科学美術映画製作所"。

七日起于全中国播映的《铁臂阿童木》,虽然是日本制作的作品,但却是中国播放的首部电视动画。

(《周刊朝日》,1980年12月19日号)

鸟的动画

若是让我从画师的角度来写,没有什么是比鸟更难描绘的动画主角了。鸟虽然有画面效果拔群的飞翔特征,但它很难成为主角,是因为那张突出的鸟喙。

让鸟念台词很困难。它不像人类一样有嘴唇,也没有哺乳动物的口吻那样灵活的构造。从拟人化来看,爬虫类反而更简单。首先,即使鸟欢笑、生气,也不可能露出牙齿。

因此让鸟做主角时,必须彻底变得"没有鸟样儿"。至少得把喙换成柔软的口吻,不管发啥音都能应付。所以比起尖喙的鸣禽类、猛禽类,扁平喙的鸭子和琵鹭类更容易拟人化、让它们开口说话。下面,有请动画中的鸟类头号巨星——我们熟悉的唐老鸭登场。

唐老鸭于1934年登上大银幕,在米老鼠电影中出演配角。当时他的比例非常接近鸭子,还是长长的鸭子嘴,无法自由活动。因此声音也是嘎嘎嘎的鸭叫声,没有太多加工。他以个性派演员的身份受到瞩目,是从《米老鼠的音乐会》(*The Band Concert*, 1935)、《米奇的大歌剧》(*Mickey's Grand Opera*, 1936)开始。这段时间,他的嘴巴变短了些,更为扁平,面部表情也变丰富了,整体上更像人类了。在《米奇的大歌剧》中,他的表演也得心应手了起来,还能同母鸡克拉拉表演"罗密欧与朱丽叶"。

唐老鸭能成功当上鸟中明星,首先归功于那可爱满满的鸭子步、呆呆笨笨的躯体、滑稽的叫声以及作为家禽的亲切感;其次,迪士尼给他加上了暴躁又冒失的性格,使得唐老鸭成了超越米老鼠的个性派演员。说他是动画史上屈指可数的著名演员,恐怕也不为过。就连迪士尼也没能打造出继唐老鸭之后的第二位鸟类明星。比如迪士尼在《致候吾友》(*Saludos Amigos*, 1942)中推出了唐老鸭的搭档——鹦鹉何塞·卡里奥卡(José Carioca),他就没能获得如此人气。

与唐老鸭这样的鸭子不同,那些尖喙的鸟儿,如何对它们的嘴部进行变形改造,将关系到角色的成功与否。同样在美国动画界,华特·兰茨创作出了著名的啄木鸟伍迪,他就顶着一个翘起来的喙,非常适合这只粗鲁而精明的啄木鸟,仿佛体现了他的争强好胜。另外,被强调嘴部之奇特(grotesque)的喜鹊海克与杰克(Heckle and Jeckle)[①],那不同寻

---

① 保罗·特里(特里通工作室)创造出来的动画角色,首次出现于短片《会说话的喜鹊》(*The Talking Magpies*, 1946)中,是两只外貌相似、爱说俏皮话的黑身大嘴喜鹊,常被误认为是乌鸦。

常的鸟喙突出了顽固者的讨厌之处。

被改造得恰到好处的角色，是《小飞象》中的五只乌鸦。设计师为迪士尼公司的沃德·金博尔。把乌鸦比作黑人，让他们跳起南部风格的黑人舞蹈，真是像极了黑人，金博尔也说这是自己笔下最成功的角色。

就像乌鸦＝黑人的关系式一样，若要把鸟拟人化，令其展现出迷人的演技，让鸟拥有由其形象联想而来的人类性格，是一种最为稳妥的办法。譬如猫头鹰就很适合哲学家、大学教授、长老类的形象，秃鹰和安第斯神鹫则适合杀手、隐士的角色。除了这些简单的夸张处理，也有些是把鸟类的习性变得机械化。把栖息在美国中西部的走鹃夸张化，处理成如铁丝般没有生命力的角色，让其与郊狼上演追踪游戏的"BB鸟"，大概是最没有鸟样儿的鸟，跟火箭似的扬尘飞奔，鸟叫声则被喇叭一样的声音所取代。

这样举例下去，大家也许会觉得鸟在动画里相当闹腾，事实上并非如此。与猫、老鼠、猪、狗、兔子等比起来，动画中的鸟更为克制朴素。

动画中百分之九十的鸟都只是稍微露了个面，要么寥寥几笔勾画而成，要么最多也就被描绘成楚楚可怜的和平象征。原因是鸟不像野兽，没有由身形和习性中渗透出来的"毒性"，换言之就是没有凶狠的气质。

可鸟一出现在画面中，大多数平淡无奇的场景看起来也有了生气。比如一片有晚霞的普通天空，这时让候鸟在上面飞过试试，会发现有鸟飞翔的画面更有气氛。不仅把落霞的天空衬托得更美丽，也让情景看起来更精致。

不过，光是鸟飞翔的动作，在动画中画起来就很麻烦。如果用专门的数字来说明，拍打一次翅膀就必须画十二到十六张画。当鸟从近处飞远的时候，假设要拍打十次翅膀，那必须进行超过一百二十张的作画。

当然，振翅速度因鸟的种类和当时的状态而异。优秀的动画师明白画法上的区别。必须让海鸥飞得像海鸥，雕飞得像雕，鸽子飞得像鸽子，否则不管告诉观众那是什么鸟，他们都不会接受，因此画鸟的动画师们平时就要花精力观察鸟。

制作想象中的鸟，即在动画中虚构鸟类时，可不能让鸟随便乱动。如果飞行动作全部统一，就代表活动原理跟别的鸟一样。那么画鹫鹰等鸟类时，也许会以为它们跟麻雀近似，于是模仿麻雀的习性去描绘。假如巨大的猛禽跟麻雀一样飞快地扑扇着翅膀，会惹得观众不禁发笑吧。

动画不像漫画，不能用静止的镜头去概括鸟。一旦动起来，就必须在解剖学、力学上保持平衡，否则会惨不忍睹。

京都精华短期大学的设计专业有门漫画课，负责这门课的佐川教授把鸟的速写放在了课程的第一位，每天带学生去东山动物园。整整一学期都彻底花在了鸟的速写上，等学生们能随意画出鸟类的任何姿势后，接着再让学生画野兽的速写。虽然这不是动画,但佐川先生认为鸟的素描是生物素描中难度最高且极为重要的一项。

长期以来,我一直在纠结要不要把自己的作品《火鸟》动画化。纠结的最大原因之一,是"火鸟"的角色一旦动起来,反而会削弱其难得的神秘奇幻形象,我担心它会变成一只普普通通的鸟。一如前述,看到静止漫画中的鸟,读者们会在心中发挥自由的想象力,但假如在动画中让它的举止模仿真实存在的鸟,那么它瞬间会沦为某种具体的鸟,我害怕这种形象会从此固定下来。可我最终还是同意了制作两部《火鸟》的电影版。一部是真人片,另一部是动画。① 而且,在这两部作品中,火鸟都说话了。不管用什么样的技术,都有破坏火鸟形象的风险。

首先是火鸟飞翔的姿态,我交代动画师要画得如白鹤般清纯,如孔雀般绚烂,如白尾海雕般气派,如天鹅般充满女性气质……真是出了一堆难题。动画师瞠目结舌,一筹莫展,似乎研究了各种鸟类的实拍影片。最终采取的方式是,在不同场景下会变身成不同的鸟类而飞翔。

最让我失望的是,和我预想的一样,漫画中捉摸不定、体积庞大的火鸟,在动画里变得又小又圆润。如此一来,它

---

① 同名真人电影由市川昆执导,其中有部分实景与动画结合的画面,上映于 1978 年;剧场版动画为《火鸟 2772》,由杉山卓执导,手冢治虫任总导演,上映于 1980 年。

看上去就是个毫无特征、印象单薄的角色。证据便是，当火鸟与其他人物站在一起时，显得一点都不好看。动画的商品设计也差了些火候。

鸟的动画很难做，这就是《火鸟》动画化的结论。洛杉矶奥运会的吉祥物——名叫山姆的老鹰现在也被做成了动画，似乎反响平平。我参考它的形象，把明年日本世界大学生运动会的吉祥物设计成了鹤，可如果做成动画，恐怕就变成平凡无奇的鹤了吧。在动画中用速写的形式画鸟似乎才是最稳妥的方法。

(《野鸟》，1984年6月号)

《当风吹起的时候》

如今，日本的动画人口急速增长，以至于日本被称为动画大国，若再加上动画的相关行业与出版物，看起来仿佛是一片欣欣向荣，可其中大部分都是电视动画、通过影院或录像带播放的娱乐动画，且无一不是面向青少年和儿童的剧画写实风作品。

而这样的动画在欧美地区只是极少数，当地上映的作品用到了更丰富多样的手法，去吸引大批观众观看。《当风吹起的时候》(*When the Wind Blows*，1986)[①]也是这类作品之一。它算是实验动画（欧美称之为 FINE-ART ANIMATION[②]）的一种，

[①] 该片改编自英国漫画大师、图像书作家雷蒙德·布里格斯（Raymond Briggs）的作品，讲述了一对英国老夫妇在战争来临前和战时的生活。布里格斯绘制的类似题材的图像书还有《伦敦一家人》(*Ethel & Ernest*，已出版中文版），也被拍为同名动画（上映于2016年），两作均以其父母为故事原型。《当风吹起的时候》日语配音版导演由大岛渚担任，在日本上映于1987年7月25日。
[②] 中文语境中，FINE-ART ANIMATION 可译为纯艺动画。

因此有的观众会产生"从未看过这样的动画""这动画真是与众不同"的印象。没错，本作是一部高纯度实验电影，用到了极为复杂的技术，耗费了大量的心血。如果用一句话来概括，可以说它是手绘动画与人偶动画[①]的合成作品。

大家看了就能明白，本片的舞台只有某个郊外住宅的室内和前庭。有没有一种舞台布景的感觉？没错，动画的背景几乎都由真实的迷你布景搭建而成。从房间的窗帘、桌子、沙发、冰箱，到杯子、饭碗，全部都是微缩模型，只有实物的几分之一大小。

随着分镜（各画面草图）的变化，动画的摄影师也跟普通电影一样去拍摄这些迷你布景。虽然用到了移动摄影，但与普通电影不同，是一格格拍下来的，这是拍摄人偶电影的手法。在影片中，有一幕是房子被核武器摧毁后，摄影机隔物拍摄瓦砾与散乱的家具，感觉特别真实立体。这是因为剧组在摄影时给迷你布景打上了真正的灯光。

接着，制作人员再配合已完成的影片手绘出人物，把二者合成起来。话虽如此，在静止的场面中，其实不需要太多的摄影机操作，只需使用普通的照相机拍摄静止照片，然后把手绘人物加上去。打开冰箱、拿起沙发上的垫子时，只有冰箱门和垫子不是静止照片，而是手绘的画。把迷你布景的

---

① 原文为"人形アニメ"，更确切地说，本片用到的手法之一应为定格动画。

场面与静照背景的动画巧妙糅合在一起,使人感觉不到丝毫突兀,这还是因为场面调度足够优秀吧。

而且,动画人物的动作非常细腻、逼真,这点大家都注意到了吧。这是一种叫真人动作(Live Action)的手法,即把真人演员的表演拍成影片后,再一格格地重新绘制成画。比如丈夫说话时的手势、妻子切蛋糕时的动作,二者明明是动画人物,却真实到令人惊叹,且演技精湛。

另外,影片中大量插入的回忆场面,全是让画在纸上的铅笔速写直接动了起来,这可以说是实验动画的独特手法。

导演吉米·T. 村上(Jimmy T. Murakami)在洛杉矶制作过各种实验动画,并收获了众多奖项,如今他在爱尔兰的都柏林有一家自己的工作室。十五岁时在实验动画工作室 UPA 工作的经历,成为他进入动画世界的契机,此后他一直致力于制作这类艺术作品。这部《当风吹起的时候》在法国的昂西国际动画电影节上放映,影片结束时台下响起了热烈的掌声,久久无人离席。它能在评选中毫无异议地拿下影展大奖(Grand Prix),不仅是因为影片内容,更是因为如此优秀的技术得到了认可。

(《当风吹起的时候》场刊,1987 年 7 月 25 日发行)

动画的魅力

一

我会对动画产生兴趣,是因为孩提时代家里有很多可供家庭放映的电影胶片,其中也混有一些动画,父亲偶尔会放给我看。

美国影片有迪士尼的《幸运兔奥斯华》(*Oswald the Lucky Rabbit*)和《菲力猫》(*Felix the Cat*)等,真人影片有卓别林的《淘金记》和《启斯东警察》(*Keystone Cops*)的短片。[①]

我家几代人都是医生,我也想当医生,于是开始学医,并且拿到了医生的执照。可在此之前我已经画起了漫画,还得到了出版社的认可,以漫画家的身份出道了。在漫画家与医生之间犹豫了一阵后,我最终选择了漫画家这条路,为我

---

① 此处提及的四部影片,除《淘金记》为单片作品,其余三部均为系列作品名。

做决定的正是母亲。

从事漫画工作的同时,我也怀揣着做动画的梦想。这都是因为我儿时在家中看到的那些影片。于是,我把漫画从业二十年来的全部收入都用来创建公司,开始专心制作动画。

动画让我感到迷人的地方(虽然迄今为止我写过不少)在于,不仅我笔下的画像有了生命一般活动起来,而且画的变形也非常有趣。变形不仅让我感受到一种快感(eroticism),它也是一种活着的证明(没有变形的物体就算像机械一样活动,也无法证明自己是生物),我能从中感受到无穷无尽的魅力。

二

如今在日本,动画文化成了青少年最大的娱乐,同时作为一种吸引普通大众的影像文化,它也取得了进步。多到让别国难以置信的娱乐动画被生产出来,调动了观众,它们又是推出录像带版,又是在电视上播放,从事这份工作的人数已经十分庞大了。

可是另一方面,创作改革性 FINE-ART 动画(实验动画)的人却极为有限,他们被迫在窘迫的经济状况中进行制作。幸运的是,我处于两者都能制作的位置。我为自己的职业感到骄傲,哪怕只能为影像文化的发展做出一点点贡献,我也觉得很自豪。当医生固然有吸引力,但从事创造性的工作有利于国际文化的交流，还能与众多创作者探讨影像文化，我感觉这样的生活比当医生更有价值。

我太太当然也对我的职业很满意。就有一点不满：我长时间窝在公司里，回家很晚。但工作性质就是如此，无可奈何嘛。另外对我来说，太太和孩子（大儿子在我的影响下当了电影导演）是最好的批评家。

三

关于工作，我是和公司里的一众员工一起做的。工作内容不同时，员工的人数也不同。像《铁臂阿童木》《森林大帝》这样的电视连续动画，通常需要几百名员工（当然包括从导演到摄影的所有人员），而FINE-ART动画只要几个人就能不紧不慢地做出来。不过后者的主要工作几乎都落在了我身上。

摄影、录音和冲洗都是在其他工作室或公司进行的，而除此之外，譬如画赛璐珞的工作，有时是我们员工负责，有时则交给和我们签约的公司。品质的管理原则上是由我们员工中的检察人员负责，但电视动画的工作量庞大，经常会交给签约的专业人士来做。

《跳跃》（*Jumping*，1984）耗时约两年，当然包括了从企划到完成的时间，其间我们公司还在同时制作各种各样的作品，所以这两年时间并非完全花在了该片的制作上。

在制作 FINE-ART 动画时，通常会无视经济方面的问题，倘若在制作期间为了公司的经营而接下必要的影片工作，就会暂停实验作品的制作，果断切换到企业的工作中。因此，这些作品没有明确的制作日程表。

如今我正在制作的作品企划于十一年前，今年夏天影片才终于完成了。

和华特·迪士尼以及其他大部分公司一样，我们公司也是在我一人的指挥下活动。为了能平稳地运营，有时不得不降低品质，可我为了做出优质的作品，宁愿牺牲一定的盈利。因此在一些公司高层眼中，我是个特别挑剔的麻烦老板，一旦我提出什么意见，大家就叫苦连天。不过结果将证明，这般严格的品质管理最终能做出优质的作品。

四

我相信，动画能让任何影像成为可能（当然也包括电脑动画），能自如实现人力无法完成的影像。所以，我们得无视以往动画中常识性的画面构成。三十多年前，各国曾制作过第一人称的电影（主观电影）①，它们留下的印象启发我制作了《跳跃》。

---

① 此处可试举一例：上映于 1947 年的《湖上艳尸》(*Lady in the Lake*) 即为当时著名的全程主观镜头的电影，主演、导演为罗伯特·蒙哥马利（Robert Montgomery）。

五

动画也有各种类型，我的作品并非全部面向同一层面的观众。但可以肯定的是"任何国家、任何阶层的人都能看懂"，也就是说，我的作品发挥了"世界语"的作用，所以受众自然也不分小孩与大人。根据不同的国情，或不同国家的国民性，我的作品既可以当作小孩的娱乐，也可视为面向大人的艺术，反正这都是大家的自由。《铁臂阿童木》登上了四十多个国家的广播电视台，各国观众的理解方式也各不相同。

优质的儿童作品，动辄就被各种限制条件所束缚，内容容易变得呆板而保守。我认为，儿童影片的内容可以允许适当的冒险。异想天开的梦境、脱离常识的幻想，虽说很多理性的成年人会讨厌这种荒唐无稽的空想，但我不会把这些批评当回事。

六

动画是不是艺术，这个问题类似于电影、电视剧是不是艺术。这是观众如何看待的问题，可从制作方的角度来说，我们并没有艺不艺术的先入之见。

只不过，我创作的信念是以祈愿和平、歌颂生命之宝贵为宗旨的。有这么多观众能理解这些作品中的哲学内涵，真的让我很开心。

七

现在我参与了两个项目。一个是 FINE-ART 动画作品,叫《森林传说》。这是一部基于柴可夫斯基交响曲的奇幻故事,在我的作品履历中应该能占有举足轻重的位置。本作将于八月十日完成,大概会在广岛举办的国际动画节上首映。

另一个项目是与意大利 RAI 电视台合作的电视连续动画《手冢治虫的旧约圣经物语》(*In the Beginning*)。这部作品由二十六个故事组成,大概能在明年秋季于欧美播映。这是一部以狐狸为主角的历史剧。作品的配音工作在洛杉矶的录音棚进行。

我在欧美旅行时,经常带着自己的影片在各地放映,然后观察观众的反应,与观众交流,从而了解我的信息是如何传达给对方的。这一举动源自我的信念,那就是——我坚信动画是一门世界语言。

(*MILLIMETER MAGAZINE*[美国的杂志],1987 年 7 月号)

动画进入了转型季

今年夏天，广岛举办了第二届国际动画节，本次的参与人数远超上一届，参展作品的水平也很高，动画节能圆满落幕，实在可喜可贺。事务局的运营一帆风顺，会场的设备也近乎完美，工作人员的努力收获了优秀的成果。

海外嘉宾也丰富多彩，以因《毁灭的发明》（*Invention For Destruction*, 1958）而让我们熟悉的卡雷尔·泽曼（Karel Zeman）[①]为首，还有约翰·哈拉斯（John Halas）、尤里·诺尔施泰因（Yuri B. Norstein）、保罗·德里森（Paul Driessen）、特伟[②]、严定宪[③]、布鲁诺·博泽托（Bruno Bozzetto）等顶级大师齐聚一

---

① 擅长在动画中自由运用人偶、剪纸画甚至真人演员，其风格犹如拼接版画一般，有"捷克梅里爱"之称，代表作《毁灭的发明》改编自儒勒·凡尔纳原作。
② 中国美术片导演，水墨动画片的创造者之一，代表作有《小蝌蚪找妈妈》（1960）、《牧笛》（1963）、《山水情》（1988）等。
③ 《大闹天宫》（1961）首席动画设计，导演代表作有《哪吒闹海》（1979）、《金猴降妖》（1985）等。

堂。话虽如此，一般人可能不太熟悉这些名字，但他们全是蜚声国际的动画创作者。证据就是，当他们的作品被汇集起来特别上映时，观众要么捧腹大笑，要么满堂喝彩，发自内心地享受着他们精彩的工作。

在动画节上获得最高大奖的，是加拿大的弗雷德里克·贝克（Frédéric Back）①的《种树的牧羊人》（*L'homme qui plantait des arbres*，1987）。这是一部基于真实故事、时长三十分钟的中篇动画，讲述了在一片不毛之地上，有个男人一心一意不停种树的执念故事。因飞来横祸而失去了妻儿的男人，决心在荒凉的山村遗迹里种下一棵棵树苗。这位专心坦荡的男人，其容貌令人印象深刻。可此时第一次世界大战开始了，短暂的和平后，第二次世界大战又跟着到来，每次战争后，山都会变得一片荒芜。但男人的执念并未消失，他不顾连连挫折，终于把荒山变成了青山，而此时自己已是耄耋之年，最后结束了一生。

音乐与旁白完美地融入了素描风格的优雅画面之中。这是一部苦心制作了五年的作品，全片流淌着对和平的渴望与对自然的歌颂，深深打动了观众的心灵。故事虽然简单，但

---

① 出生于法国的萨尔布吕肯（今属德国），后移居加拿大，曾与高畑勋等日本动画人有过交集。代表作为《摇椅》（*Crac*，1981）和《种树的牧羊人》，两片均获得奥斯卡最佳动画短片奖。《种树的牧羊人》使用了彩色铅笔绘制，多达两万张原画几乎全部由其一人完成。

它的呼声比各种故事片更为强烈，任谁都承认它是动画艺术的升华。

今年是动画佳作丰收的年份，八月有吉米·T.村上的《当风吹起的时候》上映。原作绘本世界闻名，动画也以反核战为主题，值得被世人长久铭记。

该片讲的是有对善良的乡下夫妇，一天突然遭遇核弹袭击，二人变成核辐射的牺牲品，逐渐走向死亡——作为商业动画，这个故事大概打破了常识。如此沉重阴暗的内容能够在影院上映，也是因为出演悲剧的主角是经过了夸张变形的可爱角色吧。假如是真人演员出演的电视剧，恐怕会血腥得让人受不了，而正因为是动画，观众才能放心地看下去。大概有人觉得动画跟人偶剧一样，是做出来的东西，是一种戏仿吧。但出人意料的是，本片证明了动画手法的意外优点，收获不小。这部独具冲击性的异色作品使我们对将来产生了期待：不管是怎样的深刻思想、哲学性主题，在动画的世界里都能轻松做出大众向的作品。

动画的一大领域——CG中，最近也出现了精彩的作品，即约翰·拉塞特（John Lasseter，美国）的两分钟超短篇动画《小台灯》（*Luxo Jr.*，1986，另译《顽皮跳跳灯》）。这部利用皮克斯图像电脑（Pixar Image Computer）耗巨资制作而成的作品，内容是关于台灯亲子的喜剧，虽没有生物出场，却像把迪士尼动画电脑化了一样，有种奇妙的温暖与幽默。它的看点在精细度与新颖的变化上，甚至可以说，在以往冰冷而缺乏生命感的CG动画中，头一次出现了（看上去）有血有肉的角色。尽管我明白角色的动作是由输入的一连串数据完成的，但能展现出这样的"演技"，我不禁觉得CG动画还是未来可期的。《小台灯》就是一部如此暖心的幽默作品。

与这些力作相比，史蒂文·斯皮尔伯格的《美国鼠谭》（*An American Tail*，1986）等片，只顾着追求迪士尼的怀旧趣味，毫无新意。另外，亚洲规模最大、进行各色儿童动画实验的上海美影厂，也很少有值得在中国动画史上大书特书的新作，实在令人惋惜。现在，全球动画在内容和主题上或许正处于转型期。由迪士尼代表的老式娱乐作品，以及以奇异晦涩为亮点的实验作品，明显变得故步自封（mannerism），为了把引人深思或富有启蒙性的主题以感动的方式呈现出来，我们应该倾向于选择最贴合内容的技术来制作才对吧？比如前面提到的《当风吹起的时候》，背景全部为迷你布景，与赛璐珞动画巧妙合成了起来，据导演讲，这是为了制造出最逼真的效果。《种树的牧羊人》也一样，如果只是普通的赛璐珞动画，怎可能唤起如此深沉的感动呢？

日本的动画界以批量生产为傲，但这十几年来，内容和技术都陷入了停滞。这当然是因为发行方的得过且过主义，可制作方维持现状已是竭尽全力，而且给人一种缺少真正的创作欲望的感觉。满足部分爱好动画的年轻人和儿童即可——这种得过且过的倾向，只会让思想越来越落后于世界动画界。

从今年年底到明年，杉井（仪三郎）导演的《源氏物语》（1987）、宫崎（骏）导演的新作等大量动画将继续上映，但希望大家不要落后于各国动画界的转型脚步。因《故事中的故事》(*Tale of Tales*, 1979) 在日本收获大批影迷的尤里·诺尔施泰因访日时说道："在斯大林执政的时代，著名的画家因拒绝在创作上妥协而被赶去做美术馆的门卫。当参观美术馆的年轻美术家讥讽他时，他这样说道：'你们是用墨水画画，但我是用鲜血画画。'"

如今的时代渐渐允许出现"用鲜血描绘的动画"了。而诺尔施泰因也用了四年多的时间，把果戈理的短篇小说改编成动画。[1]

(《朝日新闻晚报》，1987 年 10 月 19 日)

---

[1] 指《外套》(*Shinel*, 1981)，截至 2018 年时仍未全部制作完成。一种说法是该片因苏联解体而导致版权出现问题，进而制作时间延长。

尤里·诺尔施泰因

苏联的动画创作者尤里·诺尔施泰因在日本的人气异乎寻常,从其作品的影碟销量火爆、专场放映会挤到水泄不通便可知晓。他就跟钢琴家阿什肯纳齐(Vladimir Ashkenazy)一样,是一名传奇巨匠,我做梦也没想到他能来日本。所以,当他答应在广岛国际动画节上担任国际评委时,工作人员无疑感到欣喜若狂。

为利用好这次邀请机会,日本各方面都做了万全的准备。因此,在广岛的行程结束后到他离开日本前的几天时间被安排得满满当当。其中还有日本动画协会的志愿者想带他去京都散步一天,于是在找担保方 N 电影商量后,我硬是挤进了广岛次日的行程安排里。

等待他的时间里,担忧的念头也在脑海中挥之不去。他真的会来日本吗?他在日本有什么需求、日本的签证确认信、朋友们寄出的信件去向,对此我们都一无所知。除他之外,这次参加广岛国际动画节的还有大会名誉委员长卡雷尔·泽曼，评委方面则邀请了保罗·德里森、布鲁诺·博泽托、特伟等优秀嘉宾，他们已经确定来日，然而大会的中心人物始终是尤里·诺尔施泰因。他的首次亚洲之旅，而且可能是仅此一次的日本之旅，工作人员希望他无论如何都能到场。

幸而他正好在大会的前一天抵达了广岛，在开幕式和记者招待会上看起来精神抖擞。大家都高兴极了。年过八旬的卡雷尔·泽曼的访日也是一件大新闻，但他因年事已高而鲜少露面，似乎体力也下降了。相比之下，诺尔施泰因五十岁不到，正值壮年。在评委席中，当作品的评价出现分歧时，他便会开玩笑地指着德里森和博泽托，说自己跟他们年纪差不多，所以对作品的喜好也挺一致，但跟手冢、特伟不是一个年代的人，他的意思是自己还年轻。假如他把脸上像柴可夫斯基一样的茂密胡须剃掉，露出的肯定是一张年轻忧郁的斯拉夫人的脸。

话说回来，他的性格有着惊人的天真和敏感，还有斯拉夫人特有的顽固与乐天派作风。评委会里他说的最多的是：为什么有这么多类别的奖项？量产奖项，随随便便给平淡无奇的作品颁奖，这不就是惯坏那些创作者，害他们变成废物吗？所以，评委会不该轻率地颁奖，有最高奖和新人奖不就行了吗？——他不仅如是主张，还说了这样的话：

"在斯大林时代，有个叫安德烈某某的世界著名画家，当局为了从思想上肃清他的作品,把他任命为美术馆的门卫。他在大门口打扫时,一群深受斯大林宠爱的御用美术家——比他年轻多了——成群结队地来了。有人路过时拍拍他的肩,用半嘲讽的语气说:'同志啊,要不咱们互相画对方呀?'而他瞥了众人一眼,回答道:'你们是用墨水画画,但我是用鲜血画画。'

"现在有很多妥协的新人,仅以投机取巧为卖点。所以评审方的目光也不小心被花哨的手法带偏了,可我认为创作者必须用心描绘才行。有没有灵魂才能决定一部作品的价值,尤其是出道作。"

他的笔记在桌上堆积成山,发言的时候频繁地在其中翻找过目。对于不喜欢的作品,他批评到底,倔强地拒绝投票。但最后还是会做出无奈的手势投上赞成票。

后来,我在他送给我的签名彩纸的背面,发现了他潦草的笔迹:"被雾霭笼罩的刺猬一脸忧郁[①],因为他没能当上评审委员长。"原来如此,他大概是想被推举为委员长吧,假如他当上的话,估计评选的方向也会改变。

不过,他在会场上颇受女影迷的欢迎,经常需要给人签名。而影迷对他的提问都千篇一律:"下一部作品《外套》

[①] 尤里·诺尔施泰因有部代表作,名为《迷雾中的小刺猬》(*Hedgehog in the Fog*,1975),动画中的主角就是一只"被雾霭笼罩的一脸忧郁的刺猬"。该片被宫崎骏列为自己最喜爱的作品之一。

（果戈理原作）已经完成了吗？"每到这时，他都一脸不耐烦地回答："不，还得花一段时间。目前停止制作了。"

他对日本的了解十分惊人，对芭蕉、芜村①甚至中村汀女的俳句都有所研究，在京都乘车经过三条大桥时，还主动介绍起历史——"哦，说起三条大桥……"，真是博学到令众人咋舌。

事后，我对负责翻译的大阪外国语大学的T老师说："他在京都挺愉快的呢。"T老师却说："哪有，其实他偶尔会露出特别忧郁的神情，把我吓一跳呢。"

这着实出人意料，于是我问起了原因，是不是我们招待不周。"这只是我的猜测吧，他也许在自己的国家遇到了什么。"T老师说完，我惊讶地问："具体是什么？"

"不知道呀，他有时候好像突然想起了什么似的，露出一脸落寞的表情。会不会跟《外套》的制作暂停有关系呢？尽管这只是我的猜测……"

访日期间，他努力用热情开朗的态度接待影迷，难道都是有意而为的吗？如今他在祖国身处何种境地？又如何回味在日本的回忆？这让我有点好奇。

（《季刊影像学》，1988年5月20号）

---

① 指著名俳句诗人松尾芭蕉、与谢芜村。

编选说明

除了本职的漫画领域，手冢治虫也在动画、小说、随笔等不同领域留下了诸多作品，这从本文库系列的已出版书籍[①]中便能看出。它们都超出了业余水平，其中刊登在各家媒体上的随笔和评论，其数量自不必说，多彩的主题与独到的视角也是独树一帜。而且，他那犀利的批评眼光针对的不仅是他人，还有自己。由此可见，手冢既是一名创作者，同时也是一名一流的评论家。手冢一生都没失去过坚定的上进心和对抗心，或许正是因为他能时刻俯瞰、反省自身吧。

包含本书在内的"手冢治虫随笔文集"系列，按照漫画和电影的评论、游记、读书记录、音乐等分类，重新编辑了手冢留下的随笔，以已出版的随笔集为底本，随时追加未收录过的随笔、专栏、问卷等。

---

① 日本立东舍文库出版有《我是漫画家》《一介平凡的影迷》《那个世界的终结：手冢治虫小说集成》等著作，以上三本均已由后浪出版公司引进出版。

最早把手冢随笔汇集成单行本的书，是大和书房出版的《手冢治虫乐园》（1977年），它不是单纯的随笔集，而是由漫画、小说、绘本、杂文组成的综艺合集（variety book）。不过，由于它的出现，手冢漫画之外的作品也开始被收入单行本，续作《手冢治虫乐园2》（1978年）包含了剧本，后来，潮出版社推出了访谈集《虫言虫语》（1981年）。手冢去世后，Magazine House 出版了《手冢治虫大全1》《手冢治虫大全2》（1992年）、《BRUTUS图书馆：奇妙的手冢治虫乐园》（1999年），并且讲谈社出版了收录有手冢治虫漫画全集的《手冢治虫随笔集（全八卷）》（1996—1997年），朝日新闻出版了《手冢治虫大全！》（2007年）等，总之出现了多部以文字为主的单行本。然而现在全都断货了，处于绝版的状态，本系列便是为了填补这些空缺。

众所周知，手冢在连载漫画推出单行本时，都会进行大幅度的编辑修改；和漫画作品一样，他也对发表在文字媒体上的作品做了不少修正。举例来说，他会给文章加上与杂志刊登时不同的副标题，配合时代来修改文中的表达方式。因此，对于有过修改的文章，本系列收录的都是最新版本，而从未收入单行本的文章，基本上采用的还是当年发表时的原文。

*《一介平凡的影迷》对单行本《看一看、拍一拍、放一放》(手冢在 1982 年至 1987 年间连载于电影杂志《电影旬报》的专栏)进行了增补、修订,而本书《一介平凡的影迷续篇》相当于它的补遗版。《一介平凡的影迷》以杂志连载当时,即 20 世纪 80 年代手冢的新片观后感为主,本书也收录了手冢写于各个时期的电影随笔。不仅如此,还收录了其在科幻、怪物怪兽电影等各种类型片领域的个人十佳。可以说是一份颇为有趣的榜单,直接清楚地体现了手冢的喜好。

重读之后令我惊讶的,是他由丰富知识储备支撑的独特的叙述方式。他引用古今东西的电影,不时坦言它们对自己作品的影响,介绍得十分精彩,读完之后,叫人不禁想把影片找来看一遍。

且不说专业的电影评论家,就手冢来说,他同时连载着漫画,还要制作动画、上节目、出席各地的讲座,生活十分忙碌,可每部作品的细节他都能记住,记忆力超群,简直是神迹。而且读过本书后,你会发现无论在什么时代,手冢对电影都怀有一颗无尽向往的心。此外,究竟哪些影片对手冢作品中丰富多彩的故事主干产生了影响,本书或许也可作为线索以供了解。

滨田高志(本书策划编辑)
2017 年 5 月

图书在版编目（CIP）数据

一介平凡的影迷：续篇 / (日) 手冢治虫著；谢鹰译. -- 北京：九州出版社，2023.10
ISBN 978-7-5225-1862-6

Ⅰ.①—… Ⅱ.①手… ②谢… Ⅲ.①随笔－作品集－日本－现代 Ⅳ.①I313.65

中国国家版本馆CIP数据核字(2023)第095558号

手塚治虫エッセイ集成 映画・アニメ観てある記 by Osamu Tezuka
© 2023 by TEZUKA Productions
All rights reserved.
手塚治虫エッセイ集成 映画・アニメ観てある記 was published by Rittorsha-Bunko in Japan in 2017.
Chinese translation rights arranged with Tezuka Productions through The Tohan and Rittor Music.

著作权合同登记号：01-2024-1893

一介平凡的影迷续篇

作　　者	［日］手冢治虫 著　谢鹰 译
策划编辑	吴兴元
责任编辑	王文湛
封面设计	张家榕
出版发行	九州出版社
地　　址	北京市西城区阜外大街甲35号（100037）
发行电话	（010）68992190/3/5/6
网　　址	www.jiuzhoupress.com
印　　刷	天津雅图印刷有限公司
开　　本	787毫米×1092毫米　　32开
印　　张	8.75
字　　数	161千字
版　　次	2023年10月第1版
印　　次	2024年5月第1次印刷
书　　号	ISBN 978-7-5225-1862-6
定　　价	49.80元

★ 版权所有　侵权必究 ★

一介平凡的影迷

手塚治虫映画エッセイ集成

内容简介 | 作为漫画家和动画导演的手冢治虫，每天的日程表都排得满满当当。即便如此，他仍立誓每年看足365部电影，甚至还"接单"了《电影旬报》专栏，哪怕"正事儿"截稿日近在眼前。这本忙里偷闲的随笔集，展现了手冢治虫广博的知识面、风风火火的迷影生活，以及对电影无限的爱与憧憬。从华特·迪士尼、史蒂文·斯皮尔伯格、伍迪·艾伦、安德烈·塔可夫斯基到濑尾光世、黑泽明……无论是动画、真人电影，还是带来视听新体验的"硬核技术大片"，字里行间都奉上了手冢兼具影迷和创作者视角的敏锐洞察、一贯的幽默趣味和深刻思想。此外，本书还特别收录了57幅杂志连载时手冢亲笔绘制的插画（原专栏名为《看一看、拍一拍、放一放》）。

作者：[日] 手冢治虫
译者：雷丽媛
书号：978-7-5596-6364-1
出版时间：2023.2
定价：59.80元

那个世界的终结：手冢治虫小说集成

手塚治虫小説集成

内容简介 | 本书是手冢治虫创作的短篇小说集，收录了其十余篇代表作。
以本书收录的作品而言，最早的一篇小说是手冢在大阪府立北野中学（现为北野高校）就读时创作的《跳舞的虫头》（1943年），而最晚的一篇是晚年创作的《妖蕈谭》（1986年）。其中既有从怪谈开始的悬疑惊悚类作品，又有植根科幻的思辨讽刺作品，既有借历史谜题讲故事，又有从未解之谜开脑洞，可以让读者领略漫画之神特有的想象力和创作技巧。

作者：[日] 手冢治虫
译者：于忍、周晓林、陈涵之
书号：978-7-5596-5944-6
出版时间：2022.5
定价：42.00元